ROWOHLT
BERLIN

Barbara Honigmann

Soharas Reise

Rowohlt · Berlin

1. Auflage März 1996
Copyright © 1996 by
Rowohlt · Berlin Verlag GmbH Berlin
Lektorat Ingrid Krüger
Umschlaggestaltung Walter Hellmann
Illustration Juro Grau
Alle Rechte vorbehalten
Gesetzt aus der Bembo (Linotronic 500)
Gesamtherstellung Clausen & Bosse, Leck
Printed in Germany
ISBN 3 87134 260 2

Soharas Reise

Drei Tage und drei Nächte habe ich geweint und niemandem etwas gesagt, sondern alles für mich behalten; ich bin den ganzen Tag in unserem Schlafzimmer sitzen geblieben, habe auf die leeren Betten der Kinder gestarrt und mich gefragt, was ist bloß geschehen? Aber dann habe ich Frau Kahn alles erzählt; ich hatte sie am Lift, als ich gerade meinen Müll hinunterbringen wollte, so gegen neun, getroffen. Sie ist schon lange meine Nachbarin, hat selber viel erlebt, war in diesen schrecklichen Lagern, da würde sie es doch verkraften können. Sie versuchte mich zu trösten und ist mit zu mir herübergekommen, wir haben uns in die Küche gesetzt, und sie hat mir zwanzig von ihren Tropfen verabreicht und gesagt, es wird schon alles wieder gut werden. «Wir werden sie bestimmt wiederkriegen, Frau Serfaty, ganz bestimmt.»

Simon hatte gesagt, wir werden eine Reise unternehmen, wir fahren in die Ferien. Wir waren aber noch nie in die Ferien gefahren, jedenfalls nicht zusammen. Nur die beiden großen Mädchen waren im vorigen Jahr im Ferienlager, obwohl sie erst beide protestiert haben, Zippora, weil sie dafür zu groß, und Elischewa, weil sie dafür zu klein sei. Die Gemeinde hatte zwei Freiplätze im Ferienlager bei den Bne Akiva angeboten, die sind religiös, man kann ihnen vertrauen, und ich dachte, es wäre doch gut, wenn die Mädchen einmal herauskämen, richtige gute Luft in den Alpen atmen würden, und daß auch mir ein bißchen Ruhe nicht schaden könnte. Als sie dann abgereist waren, ist mir die Zeit doch sehr lang geworden ohne die beiden Mädchen, und ich bin jeden Tag dem Briefträger entgegengelaufen, um nach der Post zu fragen. Hier, über dem Küchentisch, an dem wir essen, hängt noch eine von ihren Postkarten, darauf sieht man riesige Berge aus grauem Gestein, flaches Moos und Gras, ein kleiner Fluß ist auch zu sehen, und oben auf den Bergen liegt Schnee. Ich finde Berge nicht schön, sie machen mir angst. Meine Landschaft ist das Meer. In Oran gab es nur das Meer, die Berge kenne ich nicht.

Als die Mädchen endlich aus dem Ferienlager zurückgekommen sind, habe ich mit den anderen Eltern auf dem Bahnsteig gestanden, um sie zu erwarten, und als der Zug in den Bahnhof einfuhr, sind alle Mütter und Väter losgerannt, mit dem Zug mit, neben den Waggons her, aus denen die Kinder winkten, und dann hielt der Zug endlich, und ein fürchterliches Geschrei ging los, huhu David! huhu Chaja! hier sind wir! hier! Ilan, hier! Joram, hiier! Alle schubsten und drängelten und liefen sich gegenseitig um, und fast alle haben geweint, als sie ihre Kinder in die Arme nahmen.

Ich war wirklich erstaunt, als Simon sagte, daß er mit uns eine Reise unternehmen will. Seit zwei Jahren war er ja kaum noch hier gewesen, sondern immer nur in der Welt herumgefahren, um Geld zu sammeln, Geld für die Juden in Rußland, für die Juden in Syrien und für die Jeschiwot in Israel, für Friedhöfe, Schulen, Torarollen. Er hat für alle nur möglichen heiligen Zwecke gesammelt, ist dauernd unterwegs gewesen, von hier nach da auf allen Kontinenten. Für alle sammelte er Geld, nur uns hat er nichts geschickt. Nichts für mich und nichts für die Kinder. Wir leben von Kindergeld und von Wohngeld, und die Krankenversicherung für mich und die Kinder übernimmt der französische Staat auch, gottseidank. Irgendeines der Kinder ist ja immer krank, Halsschmerzen, Ohrenschmerzen, hingefallen, mindestens einmal in der Woche muß ich Dr. Schwab zu uns rufen. Er kennt meine Sorgen mit dem Geld und unterschreibt mir die Quittungen für die Krankenkasse im voraus, so daß ich ihn erst bezahle, wenn ich das Geld zurückbekommen habe.

In den letzten Jahren rief Simon manchmal an und sagte, er sei auf der Durchreise hier, für ein, zwei Stunden, gerade angekommen mit dem Zug, in Kehl, ich solle rasch mit den Kindern zum Bahnhof hinüberkommen, damit wir uns sehen könnten, als ob er es nicht wagte, selbst die Grenze zu überschreiten, und auf der hiesigen Seite irgend etwas zu befürchten hätte.

Ein- oder zweimal hat mich ein Nachbar mit dem Auto hingefahren, doch wenn ich niemanden fand, mußte ich ein Taxi nehmen, alles stehen- und liegenlassen und die Kinder zusammentrommeln wie bei einem Feueralarm.

Dann stand Simon in der Bahnhofshalle, neben

dem Zeitungskiosk, wir stellten uns um ihn herum auf, da hielt er hof wie der Sonnenkönig, fragte uns aus, belehrte uns in weltlichen und natürlich besonders in religiösen Dingen, danach rauschte er wieder ab, ohne ein Wort der Erklärung, woher er kam, wohin er fuhr, über seine ewige Abwesenheit und warum er eigentlich nicht mehr über die Grenze zu uns herüberkam. Auf den Bahnsteig begleiten durften wir ihn nie. Wir haben dann wieder kehrtgemacht und sind zu Fuß über die Rheinbrücke zurückmarschiert, auf der immer so viel Wind weht, daß mindestens eines der Kinder und manchmal auch ich selbst ganz erkältet auf der anderen Seite ankamen. Hinter dem Zollhäuschen gingen wir die Treppe hinunter und nahmen den 2er Bus nach Hause zurück.

Und nun hatte er gesagt, wir würden in die Ferien fahren, ich sollte die Sachen packen, für die Kinder und für mich, und wieder nach Kehl kommen, ins Hotel «Europa», nicht zum Bahnhof, wir würden da übernachten und am nächsten Tag losfahren, mit dem Zug. Ich fragte ihn wohin, und warum wir nicht in unserer Wohnung übernachten könnten, aber er wurde gleich grob und sagte, ich solle nicht so dumm fragen und tun, worum er mich bitte. So habe ich alles zusammengepackt, einen Haufen Wäsche, Strümpfe, Pullover, Hosen, Schuhe, und jedes Kind hat noch etwas anderes angebracht, was es unbedingt mitnehmen wollte, Spielzeug und Bücher und Krimskrams. Sie haben sich so auf die Ferien gefreut. Dann sind wir mit dem Bus über den Rhein nach Kehl gefahren, im Hotel «Europa» hat er tatsächlich auf uns gewartet, und wir haben eine Nacht in diesem Hotel verbracht, in gegenüberliegenden Zimmern, er im Zimmer mit den Jungen und ich im Zimmer mit den Mädchen. Am nächsten Morgen bemerkte ich aber, daß ich in dem ganzen Durcheinander des Aufbruchs die Medikamententasche zu Hause vergessen hatte, eine Tasche voll mit Zäpfchen, Tropfen, Tabletten, Hustensaft und Pflastern, was man eben so braucht. Dr. Schwab hat uns eine Kollektion zusammengestellt, «für den Fall der Fälle». Ich sagte zu Simon: «Ich muß die Tasche holen, denn ohne diese Tasche können wir nirgendwohin reisen, ich fahre schnell mit dem Bus zurück, in einer halben Stunde bin ich wieder da, und dann kann es ja losgehen.» Ich habe mich furchtbar beeilt, fuhr mit dem Bus zehn Uhr zwei von der Brücke und habe schon den zehn Uhr sechsundzwanzig an unserer Ecke zurück erwischt, um Punkt elf war ich wieder im Hotel. Und da war es passiert. Sie waren nicht in der Halle, nicht in den Zimmern, auch nicht im Frühstücksraum, nirgends, es war, als seien sie überhaupt nie dagewesen. Ich fragte das Fräulein an der Rezeption. «Nein», sagte sie, «der Mann hat nichts hinterlassen. Ja, er läßt sagen, Sie können nach Hause gehen.» Das sollte er, der nicht Deutsch kann, dem Fräulein gesagt haben, das nicht Französisch kann? Wie? Was soll das? Was für ein Wahnsinn! Ich schrie und fluchte, wohl auf arabisch. Die arabischen Flüche sind so ziemlich alles, was uns von unserem Zusammenleben mit den Arabern noch geblieben ist. Das Fräulein wurde unruhig und fing an herumzutelefonieren, vielleicht wollte sie die Polizei holen. Vielleicht hatte ich zu laut geschrien, vielleicht hatte sie Angst, daß ich wahnsinnig werde, da vor ihr, im Hotel «Europa». Eine Araberin, die wahnsinnig wird, das fehlte ihr gerade noch. Ich habe mir also auf die Zunge gebissen und mich am Sessel festgekrallt, dann sind meine Sachen heruntergefallen, die ganze Tasche mit den Pillen und Tropfen ist ausgekippt, die Hustensaftflasche schepperte über den Boden und zerbrach, und der Sirup floß in einem trägen Bach über den Teppich. Ich mußte auf den Knien herumrutschen, um alles wieder einzusammeln, die Scherben aufzuklauben und den Sirup aufzuwischen, meine Hände klebten, alles klebte, da hatte ich erst recht Lust zu fluchen. Zu fluchen und zu heulen.

Das Fräulein an der Rezeption hat mich nicht mehr beachtet, um so besser! Ich blieb bis zum Abend in dem Sessel in der Hotelhalle sitzen. Ab und zu bin ich zum Bahnhof hinübergerannt, um wenigstens irgend etwas zu tun. Als ob sie vielleicht plötzlich doch wiederkommen könnten, mit irgendeinem Zug, irgendwoher. Züge sind angekommen aus Orten, die ich nicht kenne, und in die eine oder andere Richtung abgefahren, die ich auch nicht kenne. Leute sind eingestiegen, haben sich verabschiedet, sich durch die Fenster noch was zugerufen, was man so sagt, wenn man sich trennt, Banalitäten, grüß schön, paß auf, denk daran. Andere Leute sind aus den Zügen ausgestiegen und zu den

Bussen oder Taxis gelaufen, manche wurden erwartet, Frauen von ihren Männern oder Kinder von ihren Eltern, doch sie haben sich alle schnell verlaufen, und ich stand überspült und wieder ausgestoßen von den Begegnungen um mich herum. Dann bin ich zurück ins Hotel gegangen und habe mich wieder in den Sessel gegenüber der Tür gesetzt. Ich dachte, er würde vielleicht doch noch anrufen. Leute kamen und gingen, manche setzten sich auch mal in einen der Sessel neben mich und rauchten und warteten und gingen wieder, und keiner hat mich etwas gefragt und keiner hat etwas zu mir gesagt und keiner hat gesehen, was mit mir los war. Nach acht Stunden Warten, es war genau neunzehn Uhr, hat Simon tatsächlich angerufen, das Fräulein von der Rezeption hat mich ans Telefon geholt, und ich schrie gleich, was denn das bedeuten soll, wo er sei und was er sich vorstelle, wie das weitergehen soll, warum er einfach mit den Kindern wegfährt, in einem günstigen Augenblick, ob er das schon vorher so arrangiert hätte, das sei doch ohne jeden Sinn, was nütze ihm denn das, so ein Wahnsinn, was für eine teuflische Inszenierung. Er hat wie ein Hund geknurrt und dann gebellt, ich solle aufhören, in diesem Ton mit ihm zu reden, was die Leute im Hotel denn denken würden, wenn sie mich so herumschreien hören, und ob ich keinen Respekt vor ihm hätte. «Ich fahre jetzt mit den Kindern weiter. Geh nach Hause!» hat er gesagt und aufgelegt.

Dann bin ich wohl ohnmächtig geworden. Das Fräulein von der Rezeption hatte danach so eine irgendwie mitleidige Miene aufgesetzt, als ob sie mich fragen wollte, und was machen Sie nun? Ich habe ihr gesagt, nur keine Angst, ich gehe ja wieder, ich werde schon nach Hause gehen.

Bloß, nach Hause wohin? Ohne meine Kinder hatte ich kein Zuhause mehr.

Wir wohnen in drei Zimmern. Im Schlafzimmer, wo ich mit Simon schlief, steht das große Ehebett und ein Frisiertisch mit einem großen Spiegel, den ich nie benutzt habe, weil ich gar keine Zeit hatte, mich lange im Spiegel zu betrachten und zu frisieren, und außerdem ja sowieso immer das Kopftuch trug. Dieses Zimmer habe ich schon lange nicht mehr benutzt, denn Simon war schon so lange nicht mehr nach Hause gekommen, das konnte man wirklich kaum noch eine Ehe nennen. Soll ich mich etwa allein in das große Bett legen.

Ich bin zu den Kindern gezogen. In ihrem Zimmer schliefen wir nun alle sieben. Das Zimmer hatte eine Tapete mit kleinen Schmetterlingen, die ich ausgiebig betrachtete, wenn ich nicht einschlafen konnte, was leider ziemlich oft passiert ist. Manche der Schmetterlinge hatten Punkte auf den Flügeln, und manche hatten keine, und ich habe dann versucht abzuschätzen, ob insgesamt mehr mit Punkten oder mehr ohne Punkte auf der Tapete waren.

In das ehemalige Schlafzimmer, auf das ehemalige Ehebett warfen wir alle unsere Anziehsachen, da wuchsen sie zu großen Haufen und Bergen, die der Spiegel der Frisierkommode in ganze Gebirgsketten verwandelte, und wir haben in dem Zimmer auch sonst alles abgestellt, was wir gerade nicht brauchten, alles Überflüssige, was herumsteht und stört. Mit der Zeit hat sich das Schlafzimmer in eine Gerümpelkammer verwandelt, ein Spiegelkabinett meiner schlechten Erinnerungen.

Ihre Hausaufgaben machen die Kinder im Salon an dem großen Tisch, an dem wir am Schabbat essen. An der Wand sind ein paar Fauteuils aufgereiht, da sitze ich und nähe oder stopfe oder falte die Wäsche und wache über den Hausaufgaben der Kinder, versuche, Streit zwischen ihnen zu verhindern oder wenigstens in einigen Konflikten zu vermitteln, so daß wieder Ruhe zum Weiterarbeiten herrscht. Besonders Ruth, das jüngste der Mädchen, und Jonathan, der kleinste der Jungen und der Kleinste überhaupt, zanken sich dauernd um irgend etwas und können sich nie in Ruhe lassen. Manchmal muß ich einen von ihnen in die Küche schikken. Am Schabbat strecke ich mich nach dem Essen auf den Fauteuils aus und mache meine Siesta, keiner darf mich stören. In der Woche essen wir in der Küche.

Seit ich die Kinder habe, bin ich nie mehr allein gewesen. Keine Stunde, keine Minute, keinen Moment. Immer hatte ich die Kinder um mich herum. In all den winzigen Wohnungen, in all den Städten, in denen wir schon gewohnt haben. In Amiens, in Marseille, in Nizza, in Orléans, in Angers, in Nantes, in Lille, in Metz und schließlich in Straßburg. Wie alle Algerier wäre ich natürlich am liebsten in Marseille oder in Nizza geblieben, weil diese Städte am meisten an Oran erinnern und weil es da Straßen gibt, in denen es so riecht, wie meine ganze Kindheit gerochen hat, nach Minze und Kumin.

Warum Simon bloß immer von einer Stadt in die andere ziehen mußte. Es war, als wäre er auf der Suche nach etwas oder aber als müßte er vor irgendeiner Sache davonlaufen. Eine Erklärung gab er nicht. Es war eben so, es mußte so sein, und ich bin ihm gefolgt. Ich habe alle diese Städte nie richtig kennengelernt und bin dort keinem einzigen Menschen wirklich begegnet. Habe nur immer meine Runde gedreht, vom Haus zum Kindergarten, zur Schule, zu den Läden, zu Ärzten, Synagogen, die Kinder bringen, die Kinder holen, wieder bringen, wieder holen, Elternversammlung, Ausflug, Ferienspiele, und immer die Kleinen mitschleifen, solange ich sie noch nicht allein lassen konnte. Anziehen, Knöpfe zumachen, Schuhe zubinden, ausziehen, Knöpfe öffnen, Schuhe ausziehen, alles wieder zurück. Diese Runde hat sich immer um die Kinder gedreht, und die Kinder waren immer unter meinen Augen. Ich habe versucht, sie vor allem Bösen zu schützen, vor all den unausdenklichen Schrecklichkeiten, die einem zustoßen können und die man manchmal in Alpträumen erlebt. Man erwacht und schreit. Jonathan hat in den letzten Wochen vor den Ferien mehrere solcher bösen Träume gehabt, hat Mama! Mama! geschrien, mitten in der Nacht, und ich bin an sein Bett gestürzt, habe ihn gestreichelt und wieder richtig zugedeckt und ihm zugeflüstert, ich bin ja da, bin ja da, und Ruth, die neben ihm schläft, raunte jedesmal herüber: «Hör doch auf mit dem Zirkus.» Vielleicht hat Jonathan das Böse kommen gespürt. Ich jedenfalls habe es nicht gespürt, oder wenigstens nicht als einen solchen Absturz, denn ich glaubte, daß mein Maß an Unglück schon voll wäre, mit einem Mann, der gar nicht da war, einem Vater, der sich nicht um seine Kinder kümmerte, einem unsichtbaren Rabbiner. In allen diesen Jahren habe ich nur für meine Kinder gelebt, mein Leben hat sich eigentlich ganz in das Leben meiner Kinder verwandelt, und ohne die Kinder war ich nichts, einfach nichts mehr.

«Irgendeinen Ort muß er doch genannt haben», hat mich Frau Kahn immer wieder gefragt, «er muß doch irgend etwas gesagt haben, wohin er mit Ihnen und den Kindern fahren will. Eine Stadt, ein Land, eine Gegend, eine Himmelsrichtung wenigstens muß er doch angegeben haben. Man sagt doch, wir fahren in den Süden, ans Mittelmeer, in die Berge oder in eine Stadt.» – «Nein, nichts», sagte ich, «ich kann mich wirklich an nichts erinnern.» Frau Kahn hat mich ausgequetscht, aber es hat nichts genützt, ich wußte einfach nicht mehr. Es fiel mir nur noch so etwas wie «Kehl» ein, «vielleicht hat er Kehl gesagt», aber Frau Kahn meinte, das sei doch völlig sinnlos, in Kehl waren wir ja schon. «Vielleicht hat er Köln gesagt?» – «Kehl, Köln – er hat meine Kinder verschleppt, sie sind weg, ich weiß nicht wo.» Ich solle mich beruhigen, hat Frau Kahn gesagt, wir werden weiter überlegen, wir werden alles Mögliche unternehmen, erst müssen wir nachdenken, um einen Weg zu finden. Sie holte einen Atlas und zeigte mir, wo Köln liegt, da oben in Deutschland, wenn man den Rhein hinauffährt; ich fragte sie, ob es denn da koscher sei, er würde die Kinder doch nur an einen koscheren Ort bringen; da hat sie bloß «o Gott, nein!» gesagt, aber dann sah ich, daß Antwerpen auf der Karte nicht mehr weit war, der orthodoxeste Ort von ganz Europa. «Aber das ist doch kein Ferienort für Kinder», hat Frau Kahn gesagt. Ich habe Frau Kahn gebeten, etwas zu tun, zu telefonieren, in Deutschland anzurufen, die letzten Nachrichten waren schließlich aus Deutschland gekommen, aus Kehl. «Wie soll ich denn nach Deutschland anrufen», sagte Frau Kahn, «ich weiß ja gar nicht, wo. Ich kann doch nicht einfach ‹Deutschland› anrufen! Wir müssen wissen, wen, eine Telefonnummer kennen, einen Menschen. Seit fünfzig Jahren habe ich kein Deutsch und mit keinem Deutschen mehr gesprochen. Ab und zu höre ich allerdings Radio, und warten Sie mal, tatsächlich, manchmal geben sie da Telefonnummern an, ‹für weitere Informationen› oder bei Preisfragen, ‹Kennwort Glückstreffer›.» Frau Kahn stellte das Radio ein, einen deutschen Sender, der lief dann die nächsten Stunden, und wir saßen davor und hörten die Musik und Werbesendungen, so wie Soldaten Frontberichte, um zu erfahren, wer wo bedroht ist. Auf einmal rief Frau Kahn, schnell, schnell, ruhig psst, man konnte erst recht nichts hören, weil sie immer «ruhig psst, ruhig psst» rief, aber dann wurde alles noch einmal wiederholt, und sie konnte die Nummer mitschreiben, 07221-920. Wir waren aufgeregt, als hätten wir die Kinder schon halb zurückgewonnen, als hätte ich nun wenigstens einen Faden in der Hand, dem ich nur hinterherlaufen brauchte bis zum Ende, und dann wäre schon alles wieder gut, und es wäre nur ein Alptraum gewesen, daß mein Mann mir meine Kinder wegstiehlt, daß er ein Verrückter oder

Verbrecher ist. Dieser Alptraum, daß ich plötzlich ganz allein dastehe und nur noch vom Hochhaus herunterspringen könnte oder von der Brücke in den Rhein.

Frau Kahn murmelte, und dann rief sie ganz laut, «Seit fünfzig Jahren! Seit fünfzig Jahren!» Sie fing an herumzutelefonieren, in der Sprache, von der ich kein Wort verstehe, in Deutsch. Es stellte sich alles als sehr schwierig heraus, die haben immer andere Nummern gegeben und wieder andere und weiterverbunden und weitergeleitet und warten lassen und immer wieder weiterverbunden, und irgendwann gab es tatsächlich eine Stimme, die sagte, nein, im Prinzip nicht, eigentlich nie, aber sie nahm unsere Durchsage schließlich doch an: «Simon Serfaty wird dringend gebeten, nach Hause zurückzukehren.»

Seit fünfzig Jahren, damit meinte Frau Kahn, daß sie seit fünfzig Jahren kein Deutsch mehr gesprochen hatte. Alle Brücken abgebrochen. Von Deutschland will sie nichts mehr sehen, nichts mehr hören und nichts mehr wissen, sagt sie. Sie fährt auch nicht zu Aldi nach Kehl hinüber, was doch sonst alle tun. Früher hatte ich ihr manchmal vorgeschlagen, daß wir zusammen dort einkaufen gehen. – Nein, das will sie nicht. Oder daß ich ihr wenigstens etwas mitbringe, denn es ist ja alles viel billiger. – Nein, das will sie auch nicht. Nichts. Nie wieder. Die Baldriantropfen, die sie mir verabreicht hat, ihr Allheilmittel, das hier keiner kennt, besorgt sie sich aus der Schweiz. Sie hat eine ganze Kette von

Einkäufern und Lieferanten organisiert, die seit 1945 noch nie abgerissen ist und dafür sorgt, daß ihr Depot immer gefüllt ist. «Ich höre jetzt immer von den guten Deutschen», sagt sie. «Mir sind sie jedenfalls nicht begegnet. Ich brauche nichts mehr von denen, auch nicht billiger bei Aldi. Kannibalen!»

Frau Kahn nennt die Deutschen immer Kannibalen. Lange Zeit kannte ich Frau Kahns Geschichte nicht. Manchmal, wenn ich ihr die Post aus dem Briefkasten holte, habe ich ihr allerdings zusammen mit anderen Kuverts und Werbeprospekten die Zeitschrift «Le Déporté» auf den Tisch gelegt, und im Sommer, wenn sie eine kurzärmlige Bluse trug, war die tätowierte Nummer auf ihrem Unterarm zu sehen, und da konnte ich mir schon denken, was passiert war. Aber ich habe keine Fragen gestellt, und sie hat nichts erzählt. Einmal haben wir jedoch zusammen einen Film im Fernsehen gesehen, den hatten wir schlecht ausgesucht, denn er spielte in der Nazizeit, handelte von jüdischen Kindern, die erst versteckt, aber dann doch gefunden und deportiert worden waren. Nach dem Film, erst als schon die Werbung lief, ich weiß noch genau, eine Blondine lief und hopste über den Strand, warf ihre blonden Haare von einer Seite zur anderen und trällerte, fing Frau Kahn an zu weinen und weinte immer mehr und löste sich ganz in Tränen auf. Da hat sie es dann erzählt, wie sie ihren Sohn, als er ein ganz kleines Baby war, ihrer Nachbarin über den Balkon zugeworfen hat, in der letzten Minute, bevor sie abgeholt wurde; in Belgien war das. Ihr Mann war schon nach Italien geflüchtet, da wurde er erst von Mönchen in deren Seminar versteckt und später von Don Pauli, was für ein mutiger Mann das war, zu den Partisanen geführt, wie es sein Wunsch war. Aber wegen seiner blonden Haare und blauen Augen fiel ihr Mann dort in Italien zu sehr auf, die Kannibalen haben ihn erwischt und umgebracht. Don Pauli hat Frau Kahn nach dem Krieg ausfindig gemacht und ihr alles erzählt. «Ich erspare Ihnen die Einzelheiten, Frau Serfaty», sagte Frau Kahn zu mir, «seien Sie froh, daß es in Algerien noch nicht so schlimm war.» Das Baby, das sie über den Balkon geworfen hat, ist ihr Sohn Raffael, der jetzt schon lange in Israel lebt und sie ein-, zweimal im Jahr besuchen kommt, natürlich viel zu selten, und verheiratet ist er leider auch nicht.

Eigentlich will sie davon nicht mehr sprechen, nie mehr, sagt Frau Kahn. «Aber manchmal muß ich doch darüber sprechen und kann gar nicht mehr aufhören. Es kommt mir dann sogar so vor, als ob man überhaupt nie mehr von etwas anderem reden könnte, weil es eben das Wichtigste auf der ganzen Welt ist. Aber man würde natürlich für verrückt erklärt werden, und Sie sehen doch, ich bin eigentlich vernünftig, eine ganz vernünftige Nachbarin.»

Ich war verlegen, als Frau Kahn weinte und diese Sachen erzählte, trösten konnte ich nicht, was sollte ich denn sagen. Von anderen Aschkenasim habe ich ja schon öfter so etwas gehört, manche reden tatsächlich immer davon, sogar wenn man sie auf dem Markt trifft, und natürlich steht es in den Schulbüchern der Kinder, und auch im Fernsehen gibt es oft Filme, die davon handeln, und alles, was ich davon gesehen oder sonst gehört habe, hat sich in meinem Kopf in eine einzige große Erzählung verwandelt, oder vielmehr in eine unheimliche Landschaft. Eine Landschaft des Schreckens, mit polnischen und deutschen Ortsnamen darin, Auschwitz, Warschau, Treblinka, Nürnberg, Berlin, Dachau, die einzigen polnischen oder deutschen Ortsnamen übrigens, die ich überhaupt kenne, wenn man mal von Kehl absieht. Es hindert mich nicht daran, bei Aldi einzukaufen, es ist eben eine Erzählung geblieben. Ich bin den Kannibalen ja nicht begegnet, mitten in einem harmlosen täglichen Leben, wie Frau Kahn.

Bei euch in Afrika war alles nicht so schlimm, haben uns die Aschkenasim gesagt, als wir hierherkamen, und sie wußten wenig von dem, wie es wirklich in Afrika gewesen war. Die Aschkenasim waren in jedem Falle die Elite des Leidens, die Weltmeister des Martyriums, wir waren dagegen reine Anfänger, in den hintersten Rängen plaziert, darüber hinaus sowieso halbe Araber, und wir mußten erst einmal alles, aber auch alles von ihnen lernen.

Zwischen Frau Kahn und mir hat das aber keine Rolle gespielt, daß sie aschkenasisch und ich aus Nordafrika bin. Sie ist nicht stolz, und ich bin es auch nicht. Wir sind zwei Frauen, die ziemlich allein dastehen, und deshalb haben wir uns ein bißchen zusammengetan. Simon hat sie von Anfang an mißtraut.

Gleich am ersten Tag, nachdem wir in das Haus

eingezogen waren, hatte er sie zu uns herübergebeten, wir wollen uns bekannt machen, sagte er. Ich habe ein paar Datteln, Feigen und Pistazien auf den Tisch gestellt, die sie nicht angerührt hat, und dann hat Simon sie ausgefragt, über sie selbst und über die Leute im Haus, und dann nicht aufgehört, von sich zu erzählen, wie er überall in der Welt herumfährt, was er da alles sieht, wie er zu den reichen Leuten geht, um Geld für die russischen oder syrischen Juden zu sammeln und für die Jeschiwot in Israel.

«Und Sie sind also Rabbiner?» hat Frau Kahn gefragt, an unserer Tür stand ja ganz groß «Rabbiner Serfaty». «Ja, natürlich», Simon wurde schon wütend. Dann wollte sie wissen, was für ein Rabbiner. – «Na, was für ein Rabbiner, ein Rabbiner!» – Sie meinte, wo er Rabbiner geworden sei, bei wem. «Ich habe lange gelernt, und dann bin ich eben Rabbiner geworden», hat Simon geantwortet.

«Aber wo denn, bei wem?»

«In Singapur.»

«In Singapur?»

«Ich bin der Rabbiner von Singapur.»

Frau Kahn hat ganz laut losgelacht, obwohl sie sonst ja eher zurückhaltend und beherrscht ist, hat ihm ins Gesicht gelacht, und Simon hat sie rausgeschmissen, vor die Tür gesetzt und hat gesagt, daß er sie nicht mehr sehen will. Ich fragte ihn, ob er denn keinen Respekt vor der alten Frau habe, aber er bestand darauf, daß sie Respekt vor ihm haben sollte, er sei Rabbiner.

Frau Kahn ist dann nur noch herübergekommen,

wenn er nicht da war, und das war ja immer häufiger der Fall. Wochen-, monatelang ist er nicht mehr nach Hause gekommen. Ich hatte schon lange keinen Respekt mehr vor ihm.

Eines Abends, damals in Amiens, hatte Simon vor unserer Tür gestanden. Ich habe immer sehr viel gearbeitet in dieser Zeit, Tag- und Nachtdienste und an den christlichen Feiertagen natürlich, Weihnachten, Ostern, Silvester. Die anderen Krankenschwestern waren froh, wenn ich diese Dienste für sie übernahm, und mir machte es ja nichts aus. Dafür habe ich dann an Rosch ha-Schanah und Jom Kippur und für die Pessachtage freigenommen. Die meisten von den Krankenschwestern kamen auch aus allen möglichen anderen Ländern, aber wir sprachen eigentlich niemals über unsere Herkunft. Keine von den Frauen hat etwas erzählt von ihrem Land, ihrer Stadt, ihrer Sprache; ich habe nie von Oran gesprochen, nie von Algerien und wie wir nach Frankreich gekommen sind. Und doch waren wir miteinander befreundet und hielten zusammen, weil wir uns gegenseitig als Neue erkannten, als Menschen, die keine tiefen Wurzeln hier hatten, aber noch viele Schwierigkeiten, sich wenigstens an der Oberfläche dieses fremden Ortes festzuhalten.

Damals glaubte ich, daß ich für alle Zeiten bei meiner Mutter bleiben und nicht mehr heiraten würde. In Oran gab es immer ein paar sitzengebliebene Frauen, die man nicht hatte verheiraten können und die nun rundherum eingeladen wurden, die im-

mer nur an fremden Tischen saßen und immer nur
Gast blieben.

Eigentlich hatte ich in meinem Leben fast gar
keine Männer gekannt; mein Vater war schon lange
tot, Brüder habe ich nicht, es gab nur den Onkel,
damals in Oran, der mit mir und meiner Schwester
an jedem Schabbatnachmittag den Wochenabschnitt
lernte. Die Cousins waren entweder viel zu alt oder
viel zu jung für mich.

Später, in Amiens, ging ich dann zwar mit Jungen zur Schule und war auch immer in einen von
ihnen verliebt, so wie die anderen Mädchen auch,
aber das blieb natürlich ein Geheimnis, Gott behüte,
wem hätte man es denn mitteilen können. Nur
manchmal, bei der Geburtstagsfeier einer Freundin
vielleicht, hat mich einer der Jungen mal länger angesehen oder irgendwie die Hand oder die Schulter
gestreift, wenn er etwas herüberreichte, da konnte
ich dann wochenlang nachgrübeln, ob das Liebe gewesen war. Wenn meine Mutter gewußt hätte, daß
bei diesen Geburtstagsfeiern auch Jungen waren,
hätte sie mich nie daran teilnehmen lassen, und nicht
hauptsächlich darum, weil es Jungen, sondern vor
allem weil es nichtjüdische Jungen waren. Jüdische
Jungen gab es aber einfach zu wenige in Amiens,
und die wenigen kannte ich schon viel zu lange, als
daß ich mich noch für sie hätte interessieren oder in
sie verlieben können. Sie haben später fast alle nichtjüdische Frauen geheiratet oder sind nach Israel aus-
gewandert.

Meine Schwester hatte es leicht, sie war nämlich

hübsch und frech von Natur, mit ihren dunklen Augen und dunklen Locken, sie war immer umworben wie Rachel, und ich fühlte mich häßlich mit meinen aschblonden Strähnen und zurückgesetzt wie Lea. Ich war oft eifersüchtig auf sie, aber später hat mich Gott doch noch, wie Lea, mit sechs Kindern belohnt, und meine Schwester hat nur zwei, wie Rachel.

Elias, der jetzt ihr Mann ist, war der Bruder ihrer Schulfreundin, sie hat ihn ganz leicht gefunden, und alles war einfach für sie und ist immer einfach geblieben, sie hat immer Glück. Gleich nach dem Abitur haben Elias und meine Schwester sich verlobt und dann rasch geheiratet und sind nach Paris gezogen. Meine Mutter hat zu Elias nicht, wie Laban zu Jakob, gesagt, es ist bei uns nicht Brauch, die Jüngere vor der Älteren zu verheiraten, und so zog meine Schwester weg und ich blieb da. Sie haben in Paris im XIX. Arrondissement ihren koscheren Partyservice gegründet und aufgebaut. Das war eine geniale Idee, denn es war gerade die Zeit, in der die Leute wieder anfingen, ihre Feste koscher auszurichten, Beschneidung, Bar-Mizwa und Hochzeitsfeiern. Heute können sie sich vor Arbeit gar nicht retten, ihre beiden Söhne sind nun schon erwachsen und arbeiten natürlich in dem koscheren Partyservice mit.

Meine Mutter hatte den Rabbiner von Amiens, auch ein Algerier, oft gebeten, einen Mann für mich zu finden, möglichst natürlich einen aus Algerien und noch besser aus Oran. Zwei-, dreimal sind mir junge Männer vorgestellt worden, wir saßen ir-

gendwo an irgend jemandes Tisch, an einem Schabbat oder Feiertag, der junge Mann saß auf der Seite
mit den Männern und ich auf der anderen mit den
Frauen, wir sahen uns ab und zu an, nach dem Essen
wechselten wir vielleicht ein paar Sätze, und dann
sagte er, daß er anrufen oder schreiben würde, aber
meistens habe ich nie wieder etwas von ihm gehört.

Nur ein einziges Mal habe ich einen von diesen
jungen Männern wiedergetroffen. Er hieß Jehuda,
und nach seinem ersten Besuch wartete ich jeden
Tag darauf, daß er anrufen würde. Dann schickte er
eine Karte, eine alte Ansicht der Stadt, in der er
lebte, und hatte darauf geschrieben «einen schönen
Gruß und bis bald». Diese Karte habe ich wie einen
Liebesbrief immer wieder gelesen, so lange, bis Jehuda tatsächlich wieder einen Schabbat in Amiens
verbrachte. Am Nachmittag gingen wir zusammen
durch die Stadt spazieren und durch den Park und
setzten uns auf eine Bank, ziemlich nahe zueinander,
Jehuda sprach und ich hörte meistens zu, weil ich
vor Aufregung und Erwartung sowieso nicht reden
konnte. Unterwegs trafen wir natürlich die eine
oder andere Bekannte meiner Mutter, und ich
konnte mir schon denken, daß sie gleich in Windes-
eile weitererzählen würden, was sie eben gesehen
hatten, Sohara mit Jehuda, die werden sich doch
bald verloben, hoffentlich.

Irgend jemand hat mir einmal erzählt, er habe gelesen, Verliebtsein sei wie Wahnsinn. Tatsächlich
war ich nach diesem Nachmittag wochenlang in
einem Zustand wie im Wahn, in dem ich mich im-

mer nur mit Jehuda auf der Bank sehen und alles andere nur wie von sehr weit her in einem Nebel wahrnehmen konnte, meine Mutter, meine Schwester und den ganzen Rest vom Leben.

Aber danach schrieb Jehuda nicht mehr, angerufen hatte er ja sowieso nie, und nach vielen Wochen fiel mein Wahn der großen Gefühle in sich zusammen, und die Dinge und Angelegenheiten des normalen Lebens rückten wieder an die Stelle, an der sie vor dem großen Sturm ihren Platz gehabt hatten. Ich wußte nun schon, daß alles vorbei war, noch bevor sie mir mitteilten, daß sich Jehuda mit einem Mädchen aus Paris verlobt hätte. Dann habe ich wieder alle Abende allein mit meiner Mutter zu Hause gesessen, habe mir die Klagen über ihr verlorenes Leben angehört, über die zerstörte Familie, die nun in alle Winde verstreut war, in alle nur mögliche Städte auseinandergerissen, nach Paris, nach Tel Aviv, nach Montreal, und über die Tochter, die keinen Mann fand. Wir stritten viel, und ich weinte viel und fand, daß meine Mutter mir nicht die Schuld an allem geben sollte.

Schon damals, als er plötzlich vor unserer Tür stand, hatte Simon weiße Haare und einen weißen Bart. Er stellte sich vor und sagte, daß er Geld für die Juden in Rußland sammele und für die Juden in Syrien und für die Jeschiwot in Israel, in denen die Männer den ganzen Tag Tora lernen. Sie sind die Elite unseres Volkes, und wir, die wir arbeiten, müssen sie miterhalten, denn sie brauchen natürlich Geld, viel Geld, vom Himmel fällt es ja nicht. Andere Völker haben ihre Eliten an den Universitäten, wo sie viel Geld verdienen und Preise bekommen; bei uns muß jeder, der nicht selbst studiert, die Elite miternähren, jeder einen Zehnten, für den Geist.

Damals bewunderte ich diese Männer und bewunderte Simon, daß er so ein Leben auf sich nahm, wochenlang unterwegs zu sein, zu fremden Leuten zu gehen, zu bitten, zu erklären, um das Geld zusammenzubringen. Schnorrer nennt man so was, hat Frau Kahn später einmal gesagt.

Ich habe Simon hereingebeten und Pfefferminztee gekocht, meine Mutter hatte frische Blätter im «L'Oriental» gekauft, direkt aus Marokko importiert; der Laden war erst vor ein paar Monaten eröffnet worden, und man konnte da endlich die Gewürze und Kräuter kaufen, die wir für unsere Rezepte brauchen. Als Simon den Tee roch, sagte er, ah, ein echter Nâr Nâr! Da wußte ich, daß er auch aus einem arabischen Land kommt. Ja, aus Marokko, sagte er, wie der Nâr Nâr.

Eigentlich weiß ich gar nicht, warum die Juden von dort überhaupt weggegangen sind; es gab doch keinen Krieg wie bei uns in Algerien, und von den Deutschen besetzt, wie Tunesien, war das Land auch nicht. Natürlich hat Simon gleich, wie alle Marokkaner, von Mohammed V., seligen Angedenkens, zu sprechen angefangen, wie er die Juden beschützt und was er alles für sie getan habe, ein mutiger, gütiger König!

Nein, es war wegen Israel, daß wir wegmußten, sagte Simon, wegen der Kriege mit den arabischen

Ländern. Er sprach den Segen, bevor er seinen Tee trank, wie er auch später nie einen Bissen zu sich genommen hat, ohne vorher und nachher den passenden Segensspruch zu sagen. Wir sprachen ein bißchen arabisch, später setzte sich meine Mutter zu uns, und wir haben den ganzen Abend von Oran und von Marrakesch geredet, in dieser Stadt ist er nämlich geboren und aufgewachsen, und haben Nâr Nâr von frischer Minze getrunken und süße Sesamplätzchen gegessen.

Ich hatte Vertrauen zu ihm, zu seinem Gesicht, zu seinem schweren Körper und zu den Geschichten, die er den ganzen Tag erzählte, von unseren großen Rabbinern, von Baba Sale aus Marokko und vom Rachbaz aus Algerien und vom Rambam und überhaupt vom Messias und den Zeiten, wenn der Messias gekommen sein wird, der Retter Israels und aller Völker. Die Menschen werden von allem Schweren dieser Welt erlöst sein, von Hunger, Krankheit und sinnlosem Haß, und alle Völker werden unseren Gott anerkennen als den Einzigen, ach, wenn es doch schon endlich soweit wäre. Meine Mutter und ich haben geseufzt, wie es alle Juden bei diesem Thema tun, und Simon meinte, die Zeit des Messias könne einfach nicht mehr so weit sein, wir müßten keine Ewigkeiten mehr auf ihn warten, denn es heißt doch, daß sich vor der Ankunft des Messias erst das Böse ansammele und aufhäufe zu Gebirgen von Schlechtigkeit und Bösartigkeit. Man brauchte sich ja bloß einmal umzusehen. Wir müßten den Messias allerdings auch erkennen können, er werde ja nicht daherkommen, wie wir uns das gerade vorstellen, in großem Pomp, ehrfurchtgebietend. Es heißt, daß er schon einmal da war oder vielleicht sogar schon öfter, in irgendeinem gottverlassenen Ort, in der Gestalt eines Schlemihls, über den sich alle kaputtgelacht haben: Was, der soll das sein, der größte Nichtsnutz unter uns, der nichts weiß, der nichts kann, der nichts hat und immer lacht, wenn wir weinen, und weint, wenn wir lachen? Der dumme Kerl, der Häßliche da, der soll das sein? haben sie gesagt und haben ihn einfach nicht erkennen können, und so ist er wieder umgekehrt, der Messias, denn er war es wirklich gewesen, der Häßliche, der Schlemihl, der Dümmste von allen.

Als ich nach unserer Hochzeit nicht gleich schwanger wurde und Angst hatte, ich könnte unfruchtbar sein, ist Simon mit mir nach Troyes gefahren. Dort ist Raschi, der größte Gelehrte unseres Volkes, geboren und gestorben, und es ist dort ein Wunder geschehen. In der Stadt gibt es allerdings keinen Hinweis darauf, nicht auf Raschi und nicht auf das Wunder, obwohl sonst fast an jedem Haus eine Tafel für irgendeinen unbekannten General angeschlagen ist. Die Eingeweihten wissen natürlich, wo sich der Ort des Raschi-Wunders befindet. Man biegt in der Altstadt um ein paar Ecken, guckt sich suchend um, schon kommt jemand oder ruft aus dem Fenster, es ist dort weiter oben, da hinten, rechts.

Mit dem Onkel, der mit meiner Schwester und mir in Oran den Wochenabschnitt lernte, hatten wir

auch die Raschi-Schrift gelesen, Satz für Satz, zuerst
den Abschnitt und dann Raschis Kommentar dazu.
Das hat sieben Jahre gedauert, denn wir haben im
ersten Jahr den jeweils ersten der sieben Absätze des
Wochenabschnitts und dann in den folgenden Jahren
den zweiten, dritten gelesen und so weiter, bis wir
einmal durch die ganze Tora durchgekommen waren. Immer hatte ich mir Raschi als einen von uns
vorgestellt, das heißt als einen aus Oran, einen der
berühmten Rabbiner, die wir verehrten und in deren
Namen man sich gegenseitig Versprechen abnahm
und Segnungen wünschte. Nun war er also doch aus
Europa, aus so einem kalten Land, fast an der deutschen Grenze. In Deutschland hatte er studiert, erzählte mir Simon. Er führte mich in die Altstadt, wo
die Straßen so eng sind, daß man kaum nebeneinander gehen kann, und dunkel, weil die Sonne hier selten senkrecht fällt. Vor einem Stück Mauer sind wir
stehengeblieben. Was ist das, habe ich gefragt, es
gibt ja nichts zu sehen. Aber Simon hat meine Hand
über die Mauer geführt, und ich merkte, daß sie un-
eben war, sie wölbte sich nach innen, und Simon
sagte, das hier ist es, das ist der Ort des Wunders, da,
wo die Mauer nach innen geht. In dieser Straße nämlich war vor neunhundert Jahren Raschis Mutter gegangen, als sie hochschwanger war. Da war ihr ein
Goi mit Pferd und Wagen entgegengekommen und
hatte ihr zugerufen, he, mach Platz, geh aus dem
Weg. Sie konnte jedoch gar nicht aus dem Weg gehen, die Straße war viel zu eng. Der Goi schrie, na,
dann eben nicht, trieb die Pferde an und war schon

drauf und dran, mit den Pferden und dem Wagen einfach über Raschis Mutter hinwegzugaloppieren, da drehte sie sich zur Wand und flehte Gott um Hilfe an, nicht für sich, nein, nur für ihr Kind, und in diesem Moment wölbte sich die Hauswand nach innen, so daß sie hineintreten konnte und ihr nichts geschah. Durch dieses Wunder konnte Raschi geboren werden. Simon hatte mir den Ort gezeigt, und ich habe mit meinen Händen die Höhlung abgetastet. Bald danach wurde ich schwanger mit unserer ersten Tochter, die wir Zippora nannten, wie Moses' Frau. Unsere zweite Tochter, die dann kam, nannten wir Elischewa, wie die Frau Arons. Ich träumte davon, noch viele Kinder von Simon zu bekommen, Jungen, die er im Talmud, und Mädchen, die er in der Tora, mit Raschis Kommentar, unterrichten würde, so wie es mein Onkel damals in Oran getan hatte. Ich würde in der Küche mit der Hausarbeit beschäftigt sein und Pfefferminztee kochen, die Tür würde offenstehen, ich könnte zu ihnen hinübersehen und ihre Stimmen hören, wie sie lesen und übersetzen, und Simon würde ihnen den Text erklären, geduldig und stolz auf ihren Eifer des Lernens, und am Ende riefe er, Sohara, bring den Kindern was Süßes, sie haben so fleißig gelernt, und ich würde natürlich immer Marzipan und kandierte Mandeln in irgendeiner Büchse vorrätig haben.

Simon fand auch, daß unsere Namen gut zueinander paßten, Simon und Sohara. An jenem ersten Abend hat er viel darüber gesprochen, was die beiden Namen bedeuten und wie sie sich ergänzen:

Simon kommt ja von *schama*, also «hören», und Sohara, wie «sehen», von «Licht», «Glanz», nämlich
«Glanz des Himmels»; wie es im Buch Daniel heißt:
«Die Lehrer werden leuchten wie der Glanz des
Himmels und alle diejenigen, welche die Menge zur
Gerechtigkeit gewiesen haben.» Simon erzählte von
den Jahren, in denen er den Sohar studiert hatte, das
geheimnisvollste und schwierigste von allen unseren Büchern, daß er dabei so aufgeregt gewesen sei,
daß er nächtelang nicht habe schlafen können. So
werde es wohl jetzt auch wieder sein, nachdem er
mich, Sohara, kennengelernt habe. Ich wurde rot.
Dann sagte er, daß der Sohar bei uns in Nordafrika
verfaßt wurde und überhaupt wir Sefardim nicht
stolz genug auf unsere Kultur seien. Wir sollten uns
von den Aschkenasim nicht so demütigen lassen und
nicht immer nur versuchen, sie nachzuahmen. Das
sei doch lächerlich. Als ob wir unsere ganze Würde
verloren hätten. «Sie nennen uns abergläubisch und
ungebildet, aber die Wahrheit ist, daß sie vor lauter
Bildung den Glauben überhaupt verloren haben.
Und so einen Nâr Nâr zum Beispiel, wie diesen hier,
das kennen sie überhaupt nicht, und richtigen Kuskus können sie auch nicht zubereiten, von einer Dafina ganz zu schweigen, die wissen gar nicht, was
das ist.»

Wir lachten, und auch meine Mutter lachte. Sie
fiel im Gespräch mit Simon immer mehr ins Arabische, sie kramte geradezu in ihren arabischen
Schatzkisten und holte die besten Stücke an Rede-
wendungen und weisen Sprüchen hervor. Dabei hat

sie ihn die ganze Zeit über ziemlich kritisch angesehen.

Ein paar Wochen später kam er wieder zu Besuch, an einem Abend, dann hat er auch einmal Schabbat bei uns verbracht, und bald immer öfter und schließlich regelmäßig an jedem Freitag. Meine Mutter und ich haben in dieser Zeit am Schabbat natürlich das erweiterte Menü angeboten, nicht das reduzierte, das wir für uns allein bereiteten. Wir fingen schon am Montag an, Pläne für den nächsten Schabbat zu entwerfen, welche Salate, welchen Fisch, welche Suppe, welches Fleisch, welche Desserts. Am Montag dachten wir also nach, am Dienstag und am Mittwoch kauften wir ein, was wir brauchten, am Donnerstag legten wir ein und buken, und am Freitag kochten wir. Meine Mutter erinnerte sich an Rezepte, nach denen sie schon in ihrer Verlobungszeit für meinen Vater gekocht hatte; es gab da geheimnisvolle Zutaten und kleine Tricks, um in der Heiratsangelegenheit weiterzukommen, und sie hat mir auch sonst noch eine Menge Hinweise und Ratschläge gegeben, wie man einen Mann behandeln und was man auf gar keinen Fall sagen oder tun soll, als ob so ein Mann wie ein wertvoller Porzellanteller wäre, der einem aus Versehen aus der Hand fallen könnte und dann für immer zerbrochen wäre. Ich habe meiner Mutter gesagt, aber wenn wir uns lieben, muß es doch auch so gut gehen, einfach so.

Ein einziges Mal habe ich eine große Reise gemacht. Von Algerien nach Frankreich. Von dieser Reise bin ich nie wieder zurückgekehrt. Vom Algerienkrieg habe ich eigentlich nicht viel miterlebt, nur entfernte Schüsse gehört, abends und nachts, wenn es sonst still war; aber wir konnten uns nur in von Woche zu Woche immer enger werdenden Bezirken bewegen; geht da nicht hin, dorthin auch nicht mehr, jeden Morgen hat unsere Mutter meiner Schwester und mir die Grenzen neu abgesteckt, damit wir nicht doch in eine Schießerei oder sonst etwas Schreckliches hineinliefen. Jeden Tag fehlte in der Schule ein anderes Mädchen und manchmal zwei. Die waren mit ihren Familien schon abgereist, hatten Algerien verlassen, und niemand hatte vorher davon etwas wissen dürfen. Es war gefährlich, sich aus dem Staube zu machen, der Krieg war ja noch nicht entschieden, und die OAS bedrohte jeden, der Algerien sozusagen freiwillig aufgab. Trotzdem leerten sich die Schulklassen, und die Häuser leerten sich auch. Jeden Tag gab es eine neue Überraschung – ach, die sind weg, und die auch. Aber man sprach dann besser nicht mehr darüber, aus Angst. Dann war eines Tages der Krieg zu Ende, und unser Leben in Algerien war auch zu Ende. Wir saßen mit ichweißnichtwieviel Tausenden in provisorischen Lagern am

Rande des Meeres und warteten, daß wir Plätze auf einem Schiff bekämen, meine Mutter, meine Schwester und ich. Zwei Koffer hatten wir bei uns, mehr durfte man nicht mitnehmen. Die beiden Koffer waren vor allem mit Tüten und Dosen angefüllt, in denen meine Mutter allerlei Gewürze mit herüberbrachte, von denen sie mit Recht annahm, daß wir sie in Europa nicht so leicht wiederfänden, und die doch ganz unerläßlich für unsere Speisen waren. «Wenn schon sonst nirgendwo», hat meine Mutter später oft gesagt, «so können wir den Geruch und Geschmack von Oran wenigstens in unserer Küche wiederfinden.»

Am Tag vor der Überfahrt ist unsere Mutter mit uns zum Grab unseres Vaters gegangen, damit wir uns von ihm verabschieden, von ihm und den Großeltern und allen anderen Voreltern, die auch dort auf dem Friedhof liegen. Neben dem Friedhof, direkt daneben, soll jetzt eine Neubausiedlung stehen. Die «Ehemaligen» aus Oran haben noch lange Geld gesammelt und hinübergeschickt, damit der Friedhof gepflegt wird, und tatsächlich soll er, so heißt es, noch in einem halbwegs passablen Zustand sein und nicht umgepflügt wie in anderen Ländern, gottseidank.

Dann standen wir eines Tages auf dem Deck eines großen Schiffes, das von der Küste ablegte, und alle haben geweint, alle Kinder, alle Frauen und die meisten Männer auch. Das war ein anderer Abschied als sonst. Nicht einer für eine kleine Entfernung, für einen Urlaub, ein paar Tage oder Wochen. Diesmal

40

war es ein Abschied von allem, von einem ganzen
Land und für immer. Zweitausend Jahre haben wir
da gewohnt! Sechzig Generationen! Nicht nur lä-
cherliche drei oder vier wie die Franzosen, die alles
verspielt haben. Alle haben geseufzt, gejammert,
geklagt: Wir sind nun die letzten von so vielen Generationen. Die allerletzten. Was für ein Unglück! Was
soll bloß werden?

Als nur noch das Meer zu sehen war, ein gleich-
gültiges graues Meer, sind alle von Deck gegangen,
und dann war es drei Tage lang sehr still auf dem
Schiff, als wären seine Passagiere in einen schweren
Schlaf gefallen. Sie kamen erst wieder hervor, als
die gegenüberliegende Mittelmeerküste sichtbar
wurde, die Küste Frankreichs. Die meisten hofften,
gleich hier, an der Küste bleiben zu können, in Marseille oder Nizza, wenigstens am Rande des Meeres,
an dessen anderem Ufer das verlassene Land liegt,
als wäre man dann nicht so ganz abgeschnitten,
heißt es doch: Ozeane trennen uns nicht, Ozeane
verbinden uns. Sich in den Städten dort niederzulas-
sen gelang jedoch nur wenigen, nur denen, die
schon einen Bruder, Cousin oder Schwager da hatten, die sie aufgenommen und ihnen weitergeholfen
haben. Uns aber hat man nach Amiens geschickt.
Dorthin wurden wir eingeteilt, nachdem wir noch
einmal tagelang in einem Lager verbracht hatten,
und in Amiens brachte man uns in einer ehemaligen
Schokoladenfabrik unter, immer zehn Frauen in
einem Zimmer. Es war Oktober, und es fing gleich
mit der Kälte an, mit der Dunkelheit und den langen

Dämmerstunden, dieser ewigen Unentschiedenheit zwischen hell und dunkel, wenn der Tag so einen qualvollen Tod stirbt und nicht wie bei uns kurz und schmerzlos; «sauber mit der Guillotine geköpft», wie einmal mein Onkel gesagt hatte. Dann kam schon der Winter, und wir hatten keine Wintermäntel und dicke Sachen, keine warmen Schuhe oder Stiefel, die brauchten wir ja nie in Oran. Und das Meer war nicht mehr da und nichts, was wir sonst gewohnt waren. Jeder Platz, jede Straße, jeder Baum, jedes Haus und jeder Mensch war neu.

Die Ehemaligen aus Algerien haben sich zusammengetan, aber sie stammten aus ganz verschiedenen Ecken des Landes, und man kann sich den Unterschied zwischen den Leuten aus den verschiedenen Gegenden gar nicht groß genug vorstellen, von denen aus der Sahara ganz zu schweigen.

In der jüdischen Gemeinde gab es sonst niemanden aus Oran. Meine Mutter hat sich mit Frauen aus anderen algerischen Städten zusammengetan, sie haben Erinnerungen ausgetauscht und gejammert und sich gegenseitig vorgezählt, was sie alles drüben gelassen haben, die Wohnung, das Geschäft, die Gräber ihrer Eltern. «Das muß sich mal einer vorstellen, nachdem wir zweitausend Jahre dort gelebt haben, wie die Hunde vertrieben! Nach zweitausend Jahren!» Sie trauerten nicht ihrem «Vaterland» nach, sondern ihrem Haus, ihrem Garten, dem Meer, dem Strand, dem milden Klima und einer anderen Lebensart, einer leichteren, großzügigeren, wie sie sagten.

In der ersten Zeit hat unsere Mutter immerzu geweint, schon am Morgen beim Aufstehen und beim Wiederhinlegen am Abend und in der Nacht sowieso. Sie konnte nicht aufhören zu weinen, drei Jahre lang hat sie geweint, und ich habe aus dieser Zeit keine andere Erinnerung an sie als nur schluchzend, sich schneuzend, Tränen abwischend, über den Tisch geworfen, den Kopf in den Armen, heulend, jahrelang.

Andere hatten vielleicht mehr Glück und haben sich leichter zurechtgefunden, schneller eine bessere Stelle bekommen und sich in die neue Situation leichter eingewöhnt. Vielleicht hatten sie auch früher begriffen, daß die Zeit in Algerien zu Ende ging, und sich schon länger, wenigstens in Gedanken, auf ein neues Leben in dem anderen Land vorbereitet. Wenn unser Vater noch gelebt hätte, wäre er als Beamter der Eisenbahn gleich wieder eingestellt worden, aber meine Mutter hatte ja nie gearbeitet, sie lebte nur von einer kleinen Rente. Das war aber nicht das Schlimmste. Das Schlimmste war, daß sie nicht wußte, was sie den ganzen Tag tun sollte, es war niemand da zum Besuchen und Reden und Kochen, Backen, Feste-Vorbereiten, die ganze Familie war auseinandergerissen und zerstoben in alle möglichen Städte, manche waren sogar in Kanada gelandet.

In Oran, als unser Vater noch lebte – wie viele hatten da am Freitagabend bei uns am Tisch gesessen, der ganze Clan, die Onkel, Tanten und unzählige Cousinen und Cousins, man wohnte sowieso nah beieinander, und alle waren immer bei allen zu Besuch, verschlossene Türen gab es nicht und kein Für-sich-allein-Sein, wozu auch. Die Frauen lebten natürlich in einer mehr oder weniger abgetrennten Welt, wo es, wie in einem ständig dringend tagenden Parlament, immer sehr viel zu besprechen, zu beratschlagen und zu entscheiden gab und wo keine Neuigkeit verborgen und unkommentiert bleiben konnte.

Meine Schwester und ich versuchten, einen Schlußstrich zu ziehen; wir sagten unserer Mutter, daß wir ein neues Leben anfangen wollten, hier in Amiens – warum habt ihr denn immer mit soviel Ehrfurcht und Liebe von Frankreich gesprochen: ein zivilisiertes Land! Land der Freiheit! Ihr habt die Gleichberechtigung und sogar französische Pässe bekommen. Also hör auf zu weinen, hör endlich auf!

Wir wollten uns mit anderen Mädchen aus Amiens befreunden, uns mit ihnen nach der Schule treffen, ins Kino gehen. Aber unsere Mutter hat es nicht erlaubt. Sie hat uns nichts erlaubt, wir durften nicht ins Kino, nicht in den Park und zu Besuch sowieso nicht. Sie hatte schon Angst, wenn wir ihr nur aus dem Blickfeld gerieten. In dieser Zeit sammelten wir Schauspielerpostkarten wie unsere Freundinnen, wir verschickten sie und erhielten Autogramme, die Filme hatten wir zwar nicht gesehen, aber wenigstens die Fotos in den Schaukästen außen am Kino betrachtet, und unsere Freundinnen hatten uns alles erzählt. Doch als unsere Mutter die Sammlung entdeckte, hat sie sie weggeworfen, so wie sie schon alles andere weggeworfen hatte, alles, was in ihren Augen zu nichts diente und also überflüssig und sinnlos war; es gab keinen Gegenstand in unserer Wohnung, der älter als drei Jahre war. Sie sagte, sie wolle sich an nichts mehr binden und keine neuen Erinnerungsstücke sammeln, die man dann doch bloß wieder über Bord werfen müsse, und alles versänke auf den Grund, unwiederbringlich.

Erst im vorigen Jahr ist meine Mutter gestorben, und ich habe lange geweint, obwohl ich schon über vierzig bin und sechs Kinder habe. Gottseidank ist sie nicht im Krankenhaus gestorben, sondern bei meiner Schwester, zu Hause, wo sie in den letzten Jahren, seit sie sich nicht mehr richtig um sich selbst kümmern konnte, gewohnt hat. Sie konnte ihr Leben lang nur mit Mühe lesen und schreiben, und Französisch hat sie auch nie fehlerlos sprechen gelernt. Schon deshalb mußte eine von uns Schwestern möglichst immer in ihrer Nähe sein, zum Beispiel um sie zum Arzt zu begleiten, denn sie konnte zwar das Arztschild erkennen, aber oft sind mehrere nebeneinander angebracht, die alle ähnlich aussehen, Kinderarzt, Augenarzt und Kardiologe, und man mußte sie bei dem richtigen absetzen, wenigstens das erste Mal.

Seit sie nach Europa herübergekommen ist, hat ihr Herz immer weniger und immer leiser geschlagen, und eigentlich hat sie gar nicht mehr richtig leben können, hat den Rest ihres Lebens nur noch abgewartet und die Jahresringe des Alters angelegt wie ein Baum, bewegungslos. Sie sah in sich hinein oder starrte aus dem Fenster, als könnte sie die verlorene, betrauerte Heimat in ihrem Innern oder draußen vor dem Fenster wiederfinden. Ihre Herzattacken kamen wie Wutanfälle gegen die Ungerechtigkeit des Schicksals und gegen die Araber, die sie bestohlen, betrogen und vertrieben hatten, obwohl man doch befreundet gewesen war. Distanziert, aber befreundet, und schließlich haben sich die Araber Rat und Segen von *unseren* Rabbinern geholt und *unsere* Ärzte gerufen, wenn es ihnen schlechtging. Und wir haben *vor* ihnen da gelebt, und zwar jahrhundertelang, bevor die Araber aus ichweißnichtwelchen Gegenden in dieses Land eingefallen sind.

Meine Mutter ist ganz langsam verlöscht. Das konnte ich sehen, wenn ich sie im Sommer Jahr für Jahr bei meiner Schwester besucht habe. Da verbrachten wir nämlich alle zusammen unsere großen Ferien. Das Haus meiner Schwester liegt am Rand von Paris und hat viel Platz für die Kinder, einen mittelgroßen Garten, in dem sie rumtoben können, und als größte Attraktion den Hund Billy, mit dem sie herumziehen und dem sie Kunststücke beibringen wollen, die er allerdings nie lernt. Zu Hause sind überall Fotos von ihm an die Wände geheftet. Billy schlafend, Billy fressend, Billy schnuppernd und Billy, wie er im Garten sitzt.

Kurz vor ihrem Tode habe ich meine Mutter in diesem Vorort einmal zum Arzt gebracht, nachdem sie die ganze Nacht wegen ihres Herzens gejammert hatte. Der Arzt sagte, er werde ein EKG machen, sie solle sich ausziehen und auf die Pritsche legen, nackt. Ich mußte ihr helfen, denn sie war zu schwach, und ganz langsam pellten wir die Kleider herunter. Ich hatte sie aber in meinem ganzen Leben noch nie nackt gesehen und drehte den Kopf weg. Sie sagte, bleib bitte bei mir, sie hatte mehr Todesangst als Scham, und es war plötzlich, als hätten wir unsere Rollen vertauscht, ich wäre die Mutter und sie mein Kind, und dieser Gedanke hat mich noch mehr abgestoßen, auch wenn ich sie ja pflegen wollte in ihrer Krankheit, wie ich schon viele Menschen im Krankenhaus gepflegt hatte, nur sollte sich nicht alles plötzlich umkehren.

Meine Mutter ist immer voller Scham gewesen und hat sich eingeschlossen und verhüllt vor mir und meiner Schwester. Wir haben ihrem Eau de Toilette nachgeschnüffelt, das wie der Saharawind durch die Wohnung wehte. Es war «Je reviens» von Worth, ich sehe sie heute noch manchmal, die kreisrunde Flasche mit dem Engelchen, das mit übergeschlagenen Beinen sitzt, ich lasse mir sogar ab und zu eine Probe geben, die Verkäuferinnen fragen dann, ob es für eine ältere Dame sei, denn es werde nicht mehr oft danach gefragt und sei schon lange aus der Mode, und ich sage, ja, ja, für eine ältere Dame.

In den letzten Wochen vor ihrem Tod trippelte unsere Mutter nur noch in winzigen Schritten in immer kleineren Kreisen herum, nur noch ein paar Straßen weiter, nur noch bis vor das Haus, nur noch in den Garten, gar nicht mehr aus dem Haus und dann nicht mehr aus dem Zimmer und schließlich nicht mehr aus dem Bett. Meine Schwester sagte am Telefon, sie ist schon halb auf dem Weg, verstehst du. Und eines Morgens hat sie sie dann tot gefunden, mit ihrer Wolldecke zugedeckt, der Fernseher lief noch vom Abend vorher.

Während der Trauerwoche blieb der koschere Partyservice meiner Schwester geschlossen, Elias hätte ihn zwar allein weiterführen können, aber die beiden sind ein so eingespieltes Paar, daß der eine ohne den anderen wohl gar nicht mehr auskommen kann. Wir saßen mit unseren eingerissenen Kleidern auf dem Fußboden, und ein paar Freunde und Bekannte unserer Mutter kamen, die Ehemaligen aus Oran oder sonst aus Algerien, und sie haben wieder ihre Erinnerungen an die alten Zeiten herausgeholt, die Stadt, das Meer, die Überfahrt. Die Gespräche der Trauerzeit sind schwierig, denn die Trauergäste gehören zu den Lebenden, der Trauernde jedoch gehört für diese Zeit mehr zu den Toten oder wenigstens in eine Zwischenwelt, er kann nicht mehr so sprechen und fühlen wie in den Tagen davor, als auch er noch ganz zu den Lebenden gehörte; deren Welt ist ihm plötzlich fremd geworden.

Manche Leute begegnen ihm nun auf eine andere Weise, mit einem Blick des Einverständnisses, einer Zusammengehörigkeit, als sei er in einen Geheimbund aufgenommen, derjenigen, die keine Eltern mehr haben und in der Folge der Generationen in die erste Linie vorgerückt sind, wo es keinen Schutz mehr gibt.

Wenn ich manchmal auf der Straße gehe und mein Spiegelbild zufällig in einer Schaufensterscheibe erwische, sehe ich statt meiner jetzt immer öfter meine Mutter, und ich frage mich, ob ich mich bald ganz in sie verwandeln werde, mein Gesicht, mein Körper, mein Wesen. Denn ich spüre diese Verwandlung, in meinem Gang, in meinen Bewegungen, meinem Blick, ich höre mich mit der Stimme meiner Mutter sprechen und sehe mich mit ihren Händen gestikulieren, o nein, o je, o Gott behüte.

Ich bin am Morgen aufgewacht, um halb sieben, so wie jeden Tag, lag allein in unserem Zimmer, die Betten der Kinder waren leer. Sechs flache, glatte, leere Betten standen da, als ob sie nie benutzt worden wären. Es war mir, als sei ich auf einem anderen Planeten aufgewacht. Einem Planeten, der in einem stummen Universum ohne Leben kreist. Sonst nämlich, wenn ich morgens die Augen aufschlage, bebt unser Planet schon vor Unruhe, Aufregung, Geschrei und Gezank. Zippora findet ihre Sachen nicht, verdächtigt einen der Jungen, ihr etwas weggenommen zu haben, brüllt alle drei an. Elischewa dagegen kommt nicht aus dem Bett, sie ist ja in allem so langsam, und ich bin es dann, die brüllt, damit sie sich endlich in Bewegung setzt. Ruth streitet mit Jonathan, und Daniel und Michael schreien sich untereinander erst einmal für alle Fälle an. Das ganze Zimmer dröhnt geradezu von dem Gebrüll und Hin- und Hergerenne und Über-die-Betten-Toben.

Jetzt aber war es in der Wohnung vollkommen still, ohne einen einzigen Laut, zum erstenmal hörte ich sogar Geräusche aus den Nachbarwohnungen, ein Telefon, das klingelt, eine Waschmaschine, die rumpelt, eine Frauenstimme, eine Männerstimme, ein lautes Husten, obwohl sich das Haus in den letzten Tagen ziemlich geleert hatte, vom Fenster aus hatte ich schon mehrere Nachbarn ihre Koffer in die Autos laden und in die Ferien abfahren gesehen.

Ich bin ganz starr liegen geblieben, ich konnte mich gar nicht rühren vor Schreck, auf diesem toten Planeten ausgesetzt zu sein und irgendwie überleben zu müssen; sieh zu, wie du das schaffst. Die ganze Wohnung schien mit Leere, Stille und Alleinsein vollgestellt wie mit riesigen Steinbrocken, Felsen, Bergen, wie sollte ich da durchkommen, auch nur einen einzigen Tag, in dieser versteinerten Verlassenheit und ohne jede Beschäftigung, denn sonst habe ich doch immer mit den Kindern zu tun, alles in meinem Leben dreht sich nur um meine Kinder. Meistens ist es überhaupt mehr, als ich schaffen, und mehr Unruhe, Lärm, Aufregung, als ich ertragen kann. Gerade morgens ist es so, und wenn endlich alle aus ihren Betten herausgekommen, angezogen und gewaschen sind, muß ich noch herumrennen, das und jenes zusammensuchen, was sie brauchen, alles mögliche einpacken, einwickeln, auswickeln. Jeder steht sowieso jedem im Weg, der Schuhschrank befindet sich überflüssigerweise auf dem Balkon vor der Küche, wo wir endlich frühstücken, da läuft also immer einer hinaus und läßt die Tür offenstehen, und die anderen frieren, dabei sind sie sowieso schon dauernd erkältet, und ich schreie, mach die Tür zu und sowieso die ganze Litanei, hört auf, laß das, beeil dich, warum schon wieder das Gezanke, jetzt reicht's aber, Schluß jetzt.

Ich habe Dr. Schwab gerufen. Ich fühlte mich wirklich krank, überall krank, überall Schmerzen, im Hals, im Rücken, im Bauch, die Muskeln taten weh und die Haut brannte. Auch deshalb konnte ich nicht aufstehen. Dr. Schwab sollte kommen, irgend jemand sollte mich wenigstens ansehen, mir zuhören, sich mit mir beschäftigen, jemand, dem ich sagen konnte, es geht mir schlecht, ohne mich schämen zu müssen. Ich habe ihm natürlich nicht erzählt, was passiert ist, obwohl er sich doch wundern mußte, warum mitten in den Ferien keines der Kinder zu Hause war. Es war ja noch nicht lange her, da hatte er Jonathan auf dem Küchentisch eine Wunde zugenäht. Jonathan war aus der Badewanne gestiegen und mit nassen Füßen in der Wohnung herumgejagt, hinter Ruth her, die ihn wieder mit irgendeiner Dummheit gereizt hatte, dabei war er gefallen und hatte sich an einer Kante im Flur die Stirn aufgeschlagen, und aus der Wunde floß so viel Blut, daß ich in Panik gleich Dr. Schwab rief. Er legte Jonathan auf den Küchentisch, wir mußten ihn festhalten, und Dr. Schwab hat die Wunde mit drei Stichen zugenäht, es ging ganz schnell, nur haben Zippora und Elischewa, die ja eigentlich helfen sollten, so laut geschrien, daß Dr. Schwab sie aus der Küche geworfen hat.

Jetzt sagte er, «es fehlt Ihnen nichts, Frau Serfaty, jedenfalls nichts an Ihrem Körper, vielleicht sollten Sie sich einfach einmal ausruhen.» Er verschrieb mir Magnesium zur Stärkung und gab mir den Schein für die Krankenkasse, dann ist er wieder gegangen.

Als er zur Tür hinaus war, verstellten gleich wieder Felsbrocken der Leere die ganze Wohnung, und die Stille legte sich um jedes Möbelstück herum, um jeden Stuhl, um jeden Tisch. So fing ich an, die Sachen hin und her zu räumen und zu schieben, um wenigstens die Gegenstände zu befreien und um mich nicht zermalmen zu lassen und mir einen Überlebenskorridor zu schaffen. Dann habe ich angefangen zu waschen. Alles was noch in den Schränken war, hauptsächlich also Wintersachen, denn die Sommersachen hatte ich ja in die Koffer gepackt, die Kleider, kurzen Hosen, T-Shirts und Sandalen. Ich holte die Anoraks und dicken Pullover und Strumpfhosen aus den Schränken und Schubläden und wusch sie, erst die roten Sachen, dann die blauen, dann die hellen, dann hängte ich sie auf dem Balkon auf. Bei der Hitze trocknete alles ganz schnell, und nach ein paar Stunden konnte ich Anoraks, Pullover und Strumpfhosen schon wieder von der Leine nehmen, dann bügelte und faltete ich jedes Stück und legte es wieder in den Schrank zurück. Als nächstes habe ich mir die Wintersteppdecken vorgenommen, die Bettwäsche und die Handtücher. Mindestens drei Tage habe ich einfach besinnungslos gewaschen, gespült, gebügelt, zusammengelegt, von morgens bis es abends dunkel wurde, gegen zehn. Dabei kreiste ich dauernd um das Telefon, lauschte, ob es vielleicht klingelte, lief zum Briefkasten, ob ein Brief da war, erwartete in jeder Minute, daß jemand eine Nachricht brächte, und habe sicher hundertmal die Wohnungstür aufgerissen, weil ich etwas wie ein Klopfen oder Stimmen im Hausflur gehört hatte, die Stimmen von

Zippora und Elischewa und Ruth und die Stimmen von Daniel und Michael und dem kleinen Jonathan. Aber es war jedesmal umsonst, jedesmal habe ich bloß in das schwarze Loch des leeren Hausflurs geguckt, entsetzt.

Zwischen Waschen und Bügeln habe ich Psalmen gebetet, so wie wir damals auf dem Schiff von Oran gebetet hatten: «Und ich bin arm und elend, mein Gott, sorge für mich. Der mir hilft, der mich rettet, bist Du. Mein Gott, verspäte Dich nicht.» Ich habe Gott nur um die Rückkehr meiner Kinder gebeten, um sonst nichts. Was mit Simon geschieht, war mir schon lange egal. Er soll uns in Ruhe lassen, mehr verlange ich nicht mehr. Er soll mich und meine Kinder in Ruhe leben lassen.

Damit die Leitung nicht besetzt wäre, wenn meine Kinder gerade in diesem Moment anriefen, habe ich selbst nicht telefoniert und bin auch nicht aus dem Haus gegangen, um diesen Moment nicht zu verpassen. Ich habe mich aus der Tiefkühltruhe ernährt, Vorräte sind ja immer genug im Haus, nahm mir irgend etwas aus einer Plastikdose, eingefrorene Reste einer früheren Mahlzeit, die ich mir aufwärmte, und wenn ich am Herd stand, mittags, und in meinem Topf rührte, hallte aus den offenen Fenstern im ganzen Hof das Geschepper von Tellern, Besteckklappern und Stühlerücken wider, und es war mir, als würde sich die ganze Stadt gleichzeitig an einen großen Tisch setzen, nur ich war ausgeschlossen und mußte allein aus meinem Napf essen, wie ein Hund.

Natürlich bin ich auch deshalb nicht aus dem Haus gegangen, um bloß keinem Menschen zu begegnen. Auf dem Markt zum Beispiel treffe ich immer Frauen, die ich kenne, dann steht man da und redet, und schon kommt die nächste dazu. Außer am Schabbat, in der Synagoge, sind das die einzigen Gelegenheiten, wo ich überhaupt Leute treffe, denn Einladungen erhalte ich ja so gut wie nie, wer lädt schon eine Frau mit sechs Kindern ein. Doch wenn ich jetzt jemandem begegnete, würde er natürlich fragen, wie geht's, was machen die Kinder? Und was sollte ich da sagen? Daß sie gar nicht hier seien, sondern von ihrem Vater in die Ferien entführt, ich wüßte nicht wohin, nicht für wie lange, und ich wüßte auch nicht warum.

Es war schon schwierig genug, in all den Jahren zu erklären, wo mein Mann eigentlich geblieben war – auf Reisen, unterwegs, Spenden sammeln. Die Leute haben mich mitleidig angesehen, und später kam die Zeit, in der wir alle so taten, als ob wir ihn schon vergessen hätten, als ob er gar nicht existierte, jedenfalls nicht in einer Gegenwart.

Nach dem Waschen fing ich mit dem Großreinemachen an, habe alle Möbel weggerückt und verstellt und dann geschrubbt und gewischt und gestaubsaugt wie sonst nur vor Pessach und keine Ecke und keinen Winkel der Wohnung ausgelassen. Ganz zuletzt erst nahm ich mir unser Schlafzimmer vor. Jedes Kind hat da neben seinem Bett eine kleine Kommode und an der Wand ein kleines Regal, wo sie die Sachen aufheben, die jedem einzelnen gehö-

ren «und niemandem sonst», wie sie manchmal
sagen. Das was allen zusammen gehört, liegt in Kartons unter den Betten. Erst habe ich außen Staub
gewischt, und dann die Schubfächer, um sie auszuwischen, geöffnet, und da lag, was jedes Kind so angehäuft hatte, Schulhefte, Federtaschen und Stifte,
Fragmente von Schriften und Zeichnungen, halbfertige Konstruktionen und alle möglichen Sorten
Heftchen, Bildchen, Krimskrams, jedes der Kinder
hatte eine Art Lebenswerk da hinterlassen, das nun
abgebrochen und unvollendet schien. Ich nahm jedes Stück einzeln in die Hand und legte es dann wieder ordentlich an den Platz, der ihm dort zugewiesen
war, nach einem Prinzip, das ich zwar nicht verstand, aber das ich nun respektierte, und ich dachte
daran, daß ich meine Kinder viel zuwenig als einzelne ansehe und viel zu oft nur als eine lärmende
Truppe. Manchmal kann ich sie auf Babyfotos gar
nicht unterscheiden und muß mir erst mühsam ausrechnen, wer in welcher Wohnung wie alt war.

Unter Daniels Bett steht die große Kiste mit den
Legosteinen; ich zog sie hervor und stellte sie aufs
Bett, um aufzuwischen, dann stocherte ich ein bißchen in den Legos herum und suchte ein paar von
den Männchen heraus, stellte eine kleine Legomannschaft auf, und schließlich kippte ich die ganze Kiste
aus. Mit einem riesigen Getöse wuchs ein Berg von
Legosteinen im Gang zwischen den Betten der Kinder, und ich setzte mich daneben und sortierte die
Steine erst einmal: Zweier, Vierer, Sechser, Räder,
Fenster, Türen, schwarze, blaue, rote, gelbe, weiße –

grüne Steine gab es nur ganz wenige. Dann fing ich an zu bauen, auf eine große Fläche setzte ich Seitenwände, eine über die andere, immer höher; es wurde so etwas wie ein Haus daraus, aber da ich die Fenster vergessen hatte, schien mein Bauwerk doch mehr einem Schiff zu gleichen. Also baute ich ein Schiff, Maste und Leitern gab es ja genug und sogar ein paar Schatztruhen, die ich unter Deck verstaute, dann steckte ich noch alle möglichen Tiere dazu und die Mannschaft, die ich zuerst aufgestellt hatte; da merkte ich, daß ich mir eine Arche gebaut hatte, wie Noah. Auch ich mußte mich ja nun verschanzen und darauf warten, daß diese Unglücksflut, die über mich hereingebrochen war, zu Ende ging, daß ein Wind käme und die Wasser wieder fielen.

Ich habe gewartet, immer weiter gewartet, weiter gewaschen, weiter geräumt, weiter geputzt. Die Tage sind abgelaufen und abgetropft, das Telefon ist ohnmächtig geblieben, vollkommen stumm, der Briefkasten leer, es klopfte nicht, es klingelte nicht, es stand keiner vor meiner Tür. Ich bin mir vorgekommen wie ein liegengebliebenes Stück Fleisch, das verfault.

Wie war Simon denn eigentlich nach Singapur gekommen? Im Grunde wußte ich gar nichts über sein
Leben. Immer hat er nur Geschichten und Legenden
erzählt. Legenden von Heiligen und Gelehrten und
Geschichten von dem einfachen und wunderbaren
Leben in Marokko, wo man noch respektiert wurde
und eine Schar von Dienstboten hatte. Und sonst
hörte ich meistens nur, «der Talmud sagt» und «die
Gemara sagt», «der Schulchan Aruch sagt», als
würde sein Leben nur in sagenhaften Zeiten und den
Ordnungen der Bücher stattfinden.

Eigentlich hieß er Abraham, wie alle Marokkaner,
das habe ich einmal zufällig in seinem Paß entdeckt.
Dann hat er sich Simon genannt, unter diesem Namen lernte ich ihn kennen. Ich weiß nicht, was dieser
Namenswechsel bedeutete, aber vielleicht hätte es
mir ein Hinweis sein sollen. Manchmal hatte Simon
gesagt, daß er eben zu dem Stamme gehöre, der von
Moses keinen Segen bekam, damals, vor dessen
Tod. Das sagte er so, als ob ihm selbst ein Unrecht
geschehen wäre, er regte sich darüber auf, als hätte
das in seinem Leben tatsächlich eine Rolle gespielt.
Ich sagte dann, mein Gott, das sind doch ganz alte
Geschichten, keiner denkt mehr daran, aber er erei-
ferte sich weiter darüber und bestand darauf, daß es
ein Unrecht gewesen sei.

Meine Mutter hatte mir für meine Ehe viele gute Ratschläge gegeben, du mußt dich deinem Mann unterordnen, dich seinem Charakter beugen, nicht viel fragen, ihn nicht mit deinen kleinen Problemen ärgern, ihm auch zeigen, daß du ihn bewunderst, kannst ruhig ein bißchen Theater spielen. Aber das ist doch schrecklich, habe ich gesagt. Und sie hat gesagt, na ja, ist schrecklich, ist eben so.

Mit jedem Kind, das ich bekam, ist Simon unfreundlicher zu mir geworden. Erst dachte ich, es wäre, weil die ersten drei Kinder Mädchen waren und er auf einen Jungen wartete. Als ich dann endlich einen Jungen bekam, wollte ich ihn Levi nennen, wie auch Lea es getan hatte, weil sie hoffte, daß sich Jakob ihr nun endlich enger verbunden fühlen würde. Aber Simon meinte, «heute heißt doch keiner mehr mit Vornamen Levi! Unser erster Sohn wird Daniel heißen und mit bürgerlichem Namen Jean-Jacques.»

Jedes unserer Kinder wurde in einer anderen Stadt geboren, weil wir ja dauernd umziehen mußten, weiß Gott warum. Wenn ich mich gerade in einer Stadt halbwegs eingerichtet hatte und anfing, mich ein bißchen zurechtzufinden, mein Territorium, dessen Grenzen ja sowieso eng abgesteckt waren, schon ein wenig erkundet oder auch diese oder jene Person getroffen und vielleicht sogar einmal wiedergetroffen hatte, mußte alles, in einer mir unerklärlichen Panik, wieder abgebrochen werden, und es ging wieder weiter – der nächste Umzug in die nächste Stadt.

Über die Grenzen meines Territoriums bin ich in keiner dieser Städte jemals hinausgekommen, habe nie etwas anderes von ihnen kennengelernt als die Wege zwischen Schule, Kindergarten, Arzt, Apotheke, Kaufhalle, Synagoge und koscherer Fleischerei, habe nie eine der Sehenswürdigkeiten gesehen oder das Zentrum der Stadt und auch die äußeren Bezirke und die Umgebung nicht. Das unterschiedliche Klima der also wenig verschiedenen Städte habe ich nur daran bemerkt, wie schnell oder langsam die Wäsche auf dem Balkon getrocknet ist. Nur in Nantes ist sie überhaupt nicht getrocknet, weil es dort ja nie zu regnen aufhört. Das war die Stadt, die ich am leichtesten wieder verließ.

Wenn es innerhalb meines Bezirks einen Park gab, sind wir am Schabbat dort manchmal spazierengegangen, und ich habe mich auf eine Bank gesetzt, während die Kinder spielten, habe ihnen zugesehen und darüber nachgedacht, warum Simon wohl seinen Namen geändert hat und warum er so ein unstetes Leben führen und mich da mit hineinziehen muß. Aber ich fand auf diese Fragen keine Antwort, und so habe ich mich abgefunden und gedacht, jeder hat eben sein Schicksal, manche Menschen werden von einem Erdbeben hin und her geschüttelt oder geraten sonst in schreckliche Ereignisse, unsere Geschichte ist ja voll davon, und schließlich, als wir damals plötzlich Algerien verlassen mußten, da habe ich auch nicht verstanden warum. So bin ich mir oft vorgekommen wie der mechanische Spielzeughund, mit dem die Kinder sich manchmal amüsieren, er läuft und läuft, aber plötzlich ist Schluß, er fällt auf die Nase vornüber, da sind die Batterien alle. Wenn er läuft, legen ihm die Kinder Hindernisse in den Weg, einen Apfel oder ein Buch, denen kann er sogar ausweichen, erst zappelt er ein bißchen, dann schlägt er einen Haken. Jahrelang war dieser Hund das einzige Spielzeug, das die Kinder besaßen, und auch das mußten wir vor Simon verstecken, denn er duldete keine Puppen oder Tiere, weil sie an Götzen erinnerten, und natürlich auch keine bebilderten Bücher oder Hefte, wegen des Bilderverbots. Überhaupt sollten die Kinder nur von heiligen Dingen umgeben sein. Er durchschnüffelte ihre Schulbücher nach verbotenen Themen wie der Entstehung der Welt und der Entwicklungsgeschichte des menschlichen Lebens und natürlich nach verbotenen Abbildungen von nackten Menschen im Biologiebuch oder auf Kunstwerken. Diese Seiten mußten die Kinder dann unter seiner Aufsicht zukleben. Die Lehrer, die diese Schandtaten zu verantworten hatten, rief er an und beschimpfte sie durchs Telefon, so wie er ja auch uns fast nur noch beschimpfte, wenn er überhaupt mit uns sprach, denn meistens saß er an seinem Tisch, las in den heiligen Büchern, wir mußten auf Zehenspitzen gehen, um ihn nicht zu stören. Aber das Wissen, das er aus diesen Büchern zog, behielt er für sich, mit den Jungen lernte er nicht Talmud und mit den Mädchen nicht Tora, er schnauzte nur mit ihnen herum, denn nichts, was in unserem Hause geschah, war ihm recht. Mir warf er vor, daß ich bei der Er-

ziehung der Kinder die Zügel viel zu locker ließe,
was man ja schon daran sähe, in welchem Aufzug sie
herumliefen, die Röcke der Mädchen viel zu kurz
und die Ärmel der Blusen auch nicht lang genug und
die Jungen – geradezu wie Gojim.

Einmal, ich weiß gar nicht mehr, in welcher Stadt
das war, überraschte er mich, wie ich Michael, dem
gerade Jüngsten, auf dem Tisch die Windeln wechselte, weil mir schon der Rücken schmerzte vom
ewigen Wickeln auf dem Bett, eine Wickelkom-
mode besaßen wir natürlich nicht, wie wir ja fast
überhaupt nichts besaßen, da Simon nichts ver-
diente oder wenigstens so tat, als ob er von dem
gesammelten Geld nichts für sich behielte, und ich
arbeitete seit dem dritten Kind nicht mehr im Krankenhaus. Wir lebten von Kindergeld und Wohngeld, vom Staat also, und wovon Simon auf seinen
häufigen und immer länger werdenden Reisen
eigentlich lebte, das wußte ich nicht, und ich habe
nicht danach gefragt.

Als er mich das Kind auf dem Tisch wickeln sah,
brüllte er, ob ich denn vollkommen wahnsinnig geworden sei, dies sei doch schließlich der Tisch, an
dem er die heiligen Bücher lese, ob ich diesen Platz
mit Kinderhintern und Kinderwindeln entheiligen
wolle. Ich konnte gerade noch den Kleinen an mich
reißen, da fegte er schon alles vom Tisch herunter,
Babyöl, Babycreme und Windeln, warf den Tisch
um, rannte in die Küche, holte Werkzeug und fing
an, den Tisch zu demolieren, hackte und schlug
drauflos, riß ihn auseinander, bis nur noch ein Hau-

fen Holz übrig war, den brachte er hinunter auf den Hof und warf ihn auf den Müll, einen funkelnagelneuen Tisch. Es war eine der ganz wenigen Anschaffungen gewesen, die wir uns einmal geleistet hatten. Wir waren zu einem Möbelhaus hinausgefahren, wo es gerade eine «Woche der abgerundeten Preise» gab, und dann stritten wir bei jedem Stück, das wir uns ansahen; wenn ich sagte, das brauchen wir, sagte Simon, das brauchen wir nicht, wenn ich sagte, das gefällt mir, sagte er, es gefällt mir nicht. Nur bei dem Tisch waren wir uns sofort einig, daß wir ihn brauchten und daß er uns gefiel. Als ich jedoch wegen des Preises zögerte, erklärte Simon, daß es sich hier ja gar nicht um Kauf, sondern um eine Investition handele. Da wir den Tisch für heilige Zwecke, Schabbatmahlzeiten und Studien benutzen würden, bekämen wir diese Ausgabe eines Tages doppelt und dreifach zurück, dafür würde der Ewige sorgen. Dann hat Simon diesen Tisch auf den Müll geworfen.

Früher hatte ich ihm alles geglaubt, ich hatte ihn bewundert und als einen heiligen Mann angesehen, ich war verzaubert von seinem weißen Bart und seinen Segenssprüchen zu jeder Gelegenheit und ganz benebelt von seinen Geschichten. Manchmal habe ich ihm Fragen gestellt, warum ist dieses verboten, jenes erlaubt, aber er hat mir auf keine Frage jemals eine Antwort gegeben. Erst langsam fing ich an zu zweifeln an dem, was er sagte und an dem, was er tat, habe seinen Reden und Belehrungen nicht mehr recht geglaubt, irgendwann auch gar nicht mehr zugehört und schließlich auch allem anderen mißtraut, seinen Reisen und seinen Spendensammlungen. Vielleicht fühlte er sich durchschaut von mir, jedenfalls ist er immer seltener und schließlich gar nicht mehr nach Hause gekommen, und wir trafen uns nur noch am Bahnhof von Kehl, wo er uns auch nur wieder belehrte und alles mögliche beanstandet hat, um am Schluß wieder zusammenzufassen, wie unfähig ich zu jeder Erziehung sei, und was nach meiner Vorstellung denn aus den Kindern eigentlich werden sollte, und daß ich mich nicht zu wundern brauchte, wenn sie eines Tages Gojim heirateten.

Je länger Simon abwesend war und je seltener er von seinen Reisen überhaupt noch auftauchte, desto weniger sprachen wir von ihm, manchmal habe ich sogar gedacht, die Kinder hätten ihn vielleicht tatsächlich schon vergessen, aber es war wohl eher eine unausgesprochene Übereinkunft zwischen uns, daß wir so taten, als hätten wir uns vollkommen daran gewöhnt, so ganz uns selbst überlassen zu leben, und im Grunde genommen froh darüber waren oder wenigstens erleichtert. Ich lernte, auf mich selbst zu bauen. Die wichtigen Probleme und nötigen Entscheidungen des Jahres beratschlagte ich mit meiner Schwester und ihrem Mann, wenn wir dort den Sommer verbrachten und die Kinder mit Billy durch die Gärten zogen.

Nach den Sommerferien hat uns mein Schwager meistens mit dem Auto zurück nach Straßburg gefahren, den Kofferraum vollgeladen mit Spielzeug, Büchern und Heften für die Kinder. Einmal holte meine Schwester sogar einen Fernseher vom Boden, der da ausrangiert herumstand, aber nachdem Elias an ihm ein wenig geschraubt, geklopft und gedreht hat, lief er bei uns noch jahrelang. Wir plazierten ihn an einer Stelle, an der wir vorher ein paar heilige Bücher zur Seite geräumt hatten.

Am Anfang unseres Zusammenlebens haben Simon und ich uns wenigstens noch manchmal gestritten. Ich hatte bald herausgefunden, daß es nicht Liebe war, die uns verband, habe aber doch auf eine Art Aneinander-Gefallen-Finden, ein Zusammenhalten und Zusammentun gehofft, wie ich es bei meiner Schwester und ihrem Mann sah. Doch Simon lebte bald ganz vor mir abgewandt, als ob er gar nichts von mir sehen und gar nichts mehr von mir hören wollte, als ob sein Leben um etwas ganz anderes kreiste, er hörte mir nicht zu, fragte mich nichts, gestand mir kein Wort und keinen Gedanken zu, und in all den Jahren hat er nicht ein einziges Mal zu mir gesagt: Hast recht.

Es kommt mir jetzt so vor, als ob uns bei den ewigen Umzügen, dem ständigen Ein- und Auspacken immer mehr Stücke unseres Gepäcks, das wir doch gemeinsam tragen wollten, verlorengegangen wären. Am Anfang habe ich noch verzweifelt versucht, das eine oder andere wiederzufinden, aber bald merkte ich, daß es Stücke ohne Wert für Simon waren, die er mir doch nur wieder aus der Hand schlug. Und so ist mir mit der Zeit alles abhanden gekommen, zuerst die Bewunderung und der Respekt, dann die Zärtlichkeit und der Wunsch, einen Schutz bei Simon zu finden, und später die Freundschaft, diese Art Vertrauen und Vertrautheit, die sich einstellt, wenn man unter einem Dach zusammenlebt, bis er schließlich sogar eher so etwas wie mein Feind wurde. Als habe sich tatsächlich dieser schreckliche Spruch bewahrheitet, den ich in Oran gehört hatte: «Denk daran, du heiratest nicht deinen Vater, und du heiratest nicht deinen Bruder, sondern du heiratest deinen Feind.»

Als wir mit Simon das letzte Mal am Bahnhof von Kehl standen, habe ich ihm ins Gesicht gesagt, was ich seit langem dachte. Während die Kinder am Zeitungskiosk in Mickymausheften blätterten, sagte ich ihm, Simon, ich glaube, daß du ein Betrüger bist. Als Antwort hat er einen arabischen Fluch ausgestoßen und ist wütend die Treppe zum Bahnsteig hochgerannt, und dann haben wir sehr lange nichts mehr von ihm gehört, noch länger als üblich. Als er mir dann mitteilte, daß er mit uns in die Ferien fahren wolle, dachte ich, wir könnten nun vielleicht miteinander reden und daß er mir alles erklären würde. Daß es, vielleicht, wie man so sagt, noch einmal einen neuen Anfang gäbe.

Meine ganze Hoffnung hatte ich auf Schabbat gesetzt. Wenigstens am Freitag würde Simon doch anrufen und mich mit den Kindern sprechen lassen,
dachte ich. Wenn er nun vollkommen verrückt geworden wäre, würde er vielleicht sogar am Schabbat
selbst anrufen, obwohl es verboten ist. Ich habe den
Telefonstecker nicht aus der Dose gezogen, wie ich
es sonst immer am Freitag kurz vor Schabbatbeginn
tue, und ich hätte auch abgenommen, wenn das Telefon geklingelt hätte, um wenigstens die Stimmen
meiner Kinder wiederzuhören und zu erfahren, was
eigentlich geschehen war und wann dieser Alptraum
ein Ende haben würde. Ich hätte am Schabbat telefoniert, auch wenn es verboten ist, und Gott hätte es
mir verzeihen müssen, denn er wird doch wohl in
dieser Sache auf meiner Seite stehen.

Das ist sowieso kein richtiger Schabbat ohne Kinder. Ohne Familie verliert der Schabbat jeden Sinn.
In Oran sind die Unverheirateten und Verwitweten
ja auch nicht allein geblieben, sondern fanden Platz
an den Tischen der Familien. Am Schabbat allein zu
sein ist wie eine Hochzeit, zu der die Braut nicht er-
scheint. Doch wo sollte ich hingehen, und wer sollte
mich einladen, da doch niemand etwas von meinem
Unglück wußte. Und niemandem wollte ich davon
erzählen, ich schämte mich ja viel zu sehr.

Sonst fange ich am Freitag schon um neun Uhr morgens mit den Vorbereitungen an, und selbst wenn der Schabbat im Sommer erst spät abends beginnt, hetze ich mich den ganzen Tag ab und bin am Abend außer Puste, denn ich wirble wie eine Verrückte herum und weiß trotzdem nicht, wie ich noch zur rechten Zeit fertig werden soll. Morgens beginne ich als erstes mit den Broten, während der Teig ruht, mache ich die Einkäufe, dann kommen die Vorbereitungen für die Dafina, Gemüse putzen, schälen, schneiden und nach den verbotenen kleinen Tieren absuchen und dazu jedes Blatt umdrehen, denn sie verstecken und verkriechen sich unter die Blätter und in die engsten Sprossen, dann alles aufsetzen und kochen. Kuchen muß auch noch gebakken werden. In Oran hat keine Frau allein in der Küche gestanden, jede hatte zwei, drei Araberinnen zur Hilfe, Fatmas wurden die genannt; sie wohnten mit im Haus und waren für alles da, Kochen, Saubermachen, Kinder hüten, sie gehörten zum Clan dazu. Noch früher nannte man sie Sklaven, aber sie wurden gut behandelt, nach den Vorschriften der Religion.

Um 14 Uhr kommen die Kinder aus der Schule, bringen alles durcheinander, wollen schon vorher etwas essen, reißen den Kühlschrank auf, Zippora und Elischewa helfen wenigstens mit, den Salon aufzuräumen, und saugen Staub, aber die Jungen stehen nur überall im Wege, je mehr sich der Abend nähert, desto mehr ist noch zu tun, wir sind von einem Wirbelsturm erfaßt, dessen Zentrum natürlich die Küche ist, doch in einem bestimmten Moment verlagert er sich ins Badezimmer, weil wir alle noch unter die Dusche müssen. Das erste Kind, das aus der Dusche kommt, meistens Zippora, die in allem die schnellste ist, schicke ich die Zeitung holen, die wir nur freitags kaufen, wegen des Fernsehprogramms, und dann steigert sich der Wirbelsturm noch einmal zu einem letzten Höhepunkt, einem hektischen Durcheinanderlaufen, Schlittern, Suchen, Verwechseln, zwischen Bad, Küche, Schränken, Schmutzwäsche und neuen Kleidern hin und her, und wenn ich endlich die Kerzen anzünde und wir alle beim Essen am Tisch sitzen, dann ist es wie ein großes Aufatmen, die ganze Hetzerei und die sechs Tage der Woche fallen von mir ab, und Schabbat zieht tatsächlich in unsere Wohnung ein, und ich spüre, wie meine zweite Seele in mich eintritt, wie sich Gleichmut und ein großes Wohlgefühl ausbreitet in mir. Nach dem Essen lege ich mich auf die Fauteuils, lasse alle Schüsseln, Teller und Überreste unserer Mahlzeit auf dem Tisch stehen, wie sie eben stehen, ohne weiter einen Finger zu krümmen, und bringe den Kindern bei, daß man nicht immer alles sofort erledigen muß, denn dafür ist doch morgen auch noch Zeit. Sonst wäre es ja, als ob dieser Abend vielleicht der letzte Abend aller Tage sei, und wenn nichts mehr zu tun bliebe, dann könnte man ja gleich sterben. So sagte man jedenfalls in Oran. Dann lese ich erst einmal in aller Ruhe die Fernsehzeitung und studiere das Programm für die nächste Woche, obwohl ich fast nie fernsehe, denn in der Woche gehe ich meistens schon mit den Kindern zu Bett, nur beim Abendbrot schalten wir den Fernseher ein, um 18 Uhr 45 läuft eine amerikanische Serie, die von einer reichen Familie handelt, in einer Villa mit großem Garten und mehreren Hunden, alle doppelt so groß wie Billy, die Familienmitglieder spielen Tennis, reiten, führen ein luxuriöses Leben und ärgern sich trotzdem, es gibt immer Krach und Mißverständnisse, Betrug und Lügen, viel schlimmer als bei uns, aber die Probleme lösen sich schneller als bei uns, wahrscheinlich weil sie ja bis 19 Uhr 30 fertig sein müssen. Danach sehen wir manchmal noch «Kuckuck, wir sind's» auf dem Ersten an oder «Der Beste gewinnt» auf dem Zweiten, vor allem um am Schluß die Gewinne unter uns aufzuteilen. Daniel und Michael nehmen die Ski- und Taucherausrüstungen, Zippora und Elischewa die elektronischen Geräte, Jonathan und Ruth streiten sich um die großen Plüschtiere, und ich nehme das Wochenende in Euro-Disneyland und sage den Kindern, aber da fahre ich alleine hin, damit ich mal meine Ruhe habe, ihr bekommt bloß eine Ansichtskarte von mir geschickt. Am Freitagabend allerdings lassen mir die Kinder meistens meine Ruhe, sie respektieren meine zweite Seele, streiten etwas weniger, oder wenigstens etwas leiser, und sie bringen mir sogar meinen Café an meinen Fauteuil. Trotz des Cafés schlafe ich bald ohne jede Schwierigkeit ein, ohne Schmetterlinge zu zählen. Die Kinder wecken mich so gegen elf und sagen, Mama, ins Bett!

Als es an diesem Freitagnachmittag um drei Uhr

klingelte, fing mein Herz bis zum Halse zu klopfen an. Aber es war Frau Kahn, die vor der Tür stand und fragte, was ich heute abend machen würde. «Wir könnten uns doch zusammentun», sagte sie, «ich werde einen Fisch kochen, und Sie bereiten eine Dafina.»

Während ich das Gemüse putzte, wunderte ich mich erst einmal, daß Frau Kahn auf so eine Idee gekommen war und daß sie überhaupt daran gedacht hatte, daß Freitag war, denn sie nimmt eigentlich gar keine Notiz davon, ob es nun gerade Dienstag, Mittwoch oder Schabbat ist. Sie sagt, sie sei eine Atheistin, eine Jüdin, die nicht an Gott glaubt, oder sagen wir, nicht mehr.

Dafina mit Kartoffeln und Lauch, Oliven, Kichererbsen und viel Öl und Fleisch, das habe ich mein ganzes Leben zu jedem Schabbat gegessen, in Frankreich, in Oran, und nur in den Wochen in der Schokoladenfabrik in Amiens hat es damit einmal ausgesetzt, da mußten wir uns mit Thunfisch aus Büchsen und Oliven aus Gläsern aushelfen; «Notschabbat» nannten meine Schwester und ich das damals. Frau Kahn hatte ganz recht, ich mußte eine Dafina vorbereiten, sollte ich denn verhungern, sollte ich sterben?

Wir wohnen auf ein und derselben Etage, und die eine kommt aus Mannheim und die andere kommt aus Oran. Weiter können doch Orte gar nicht voneinander entfernt sein, sagte Frau Kahn. Jetzt leben wir hier, nicht etwa, weil wir uns diese Stadt oder das Land ausgesucht haben, sondern weil sie uns von den Orten, wo wir herkommen, vertrieben haben, und wir können beide nicht mehr zurück. Sie nicht und ich nicht, nach Mannheim nicht und nicht nach Oran.

Natürlich könnten wir dorthin fahren, eine Reise mit dem Zug, eine Reise mit dem Schiff, eine Autofahrt, könnten aussteigen und uns für Besucher halten lassen, Leute, die herumschlendern in den Städten der Welt, einen kurzen Blick werfen und Ansichtskarten schreiben. Aber wir könnten uns nicht verstellen und würden doch heimlich nach unseren Straßen, den Wohnungen und alten Namen suchen, und irgend jemand dort, einer, der da wohnt und gar nichts von uns weiß, würde es vielleicht bemerken und uns beobachten und fragen, «suchen Sie vielleicht etwas, kann ich Ihnen helfen?» – «Danke, nein, nichts, es geht schon», würden wir antworten, da wir uns nicht ertappen lassen möchten und außerdem wissen, daß sich sowieso alles verflüchtigt hat, wie wir uns ja selbst verflüchtigt haben.

«Wie oft kann man denn einen festen Zustand wiederfinden, Frau Serfaty?» sagte Frau Kahn. «Und glauben Sie mir, die Seßhaften können die Flüchtigen nie verstehen.»

Sie hatte so eine Art gefillte Fisch zubereitet, das zweite Heiligtum der Aschkenasim nach den KZs, man kann schwer mit ihnen darüber reden. Es scheint, daß die Aschkenasim an jedes Essen noch Zucker tun, auch an Fleisch und Fisch, das haben sie von den Polen gelernt, die ja auch sonst ihre schlimmsten Feinde sind, dabei reden sie von War-

schau wie von Jerusalem und haben alle den Stadt-
plan im Kopf.

«Ich stamme aus Deutschland, Frau Serfaty, nicht
alle Aschkenasim kommen aus Polen, wie Sie vielleicht denken», hat mich Frau Kahn, wie schon oft,
zurechtgewiesen, «Mannheim, das ist nicht einmal
zwei Stunden von hier mit dem Zug entfernt. Ich
könnte Ihnen die Straße zeigen, in der sich das Wä-
schegeschäft meiner Eltern befand, mitten im Zentrum der Stadt. Meine Eltern waren Deutsche, oder
sagen wir, sie und ihre Freunde wollten Deutsche
sein und modern, und das Geschäft war auch am
Samstag offen, natürlich. Es war wirklich nicht
mehr viel von Gott und seinem Gesetz übrig. Aber
dann haben sich die modernen Deutschen als Kannibalen entpuppt und haben meine Eltern und ihre
Freunde abgeholt, am hellichten Tage, im Zentrum
der Stadt, auch diese Stelle könnte ich Ihnen zeigen,
und haben sie in diese Lager gebracht. Wir, die damals jung waren, sind in andere Länder geflohen,
doch sie haben uns auch in den anderen Ländern ge-
sucht, wie eben Kannibalen Menschenfleisch suchen.»

Frau Kahn sagt immer «diese Lager» und «die
Kannibalen», sie hat eine eigene Sprache für «das»
gefunden, weil man «es», wie sie sagt, sowieso nicht
beschreiben kann. Manche, die «das» erlebt haben,
ziehen ja nun durch die Schulen und erzählen davon,
sie schreiben Bücher und veröffentlichen sie und haben «es» in eine Geschichte verwandelt, die man erzählen kann und die sie wohl auch ununterbrochen

erzählen müssen. «Mir ist das nicht gelungen», sagt sie. «In meinem ‹Cercle Wladimir Rabi› bin ich ganz gut aufgehoben; wir sind atheistisch und keine Gemeinde, aber wir sind unter uns. Wir treffen uns ab und zu, wir diskutieren, wir erinnern uns, wir forschen und hören uns Vorträge an. Pilgerfahrten in die ehemaligen KZs gehören natürlich auch zum Programm, wir bringen Blumen dorthin, pflanzen Bäume, klagen und treffen uns manchmal mit Christen, die auch Blumen bringen und Bäume pflanzen und klagen. Ich bin da aber nur ein einziges Mal mitgepilgert, es war ein großes Treffen, und wir kamen aus allen möglichen Ländern angereist. Stellen Sie sich mal ein ganzes Hotel, in irgendeiner Provinz, voll ehemaliger KZ-Häftlinge vor, die sich nach Jahren wiedersehen und natürlich durcheinander rufen, rennen, schreien, heulen und sogar ohnmächtig werden! Das Hotelpersonal hat mehr oder weniger die Flucht ergriffen und uns alles überlassen. Als wir dann ‹unser› KZ wieder betraten, haben einige epileptische und andere Anfälle bekommen. Diese Reise hat mich zwanzig Jahre zurückgeworfen, und Raffael mußte mich danach für ein paar Wochen ins Krankenhaus bringen.

In die Synagoge gehe ich, wenn man mich einlädt, zu einer der unzähligen Bar-Mizwas, Verlobungen, Hochzeiten, an denen es ja in dieser Stadt wirklich nicht mangelt, und das ist schon genug für mich, mehr kann ich an religiösem Eifer nicht aufbringen, denn auf wessen Seite Gott steht, das weiß ich schon lange nicht mehr. Seit ich in diesen Lagern war, muß ich an seiner großen Güte jedenfalls zweifeln. Allerdings habe ich ‹es› ja überlebt, und ich kann nicht einfach abtun, daß mir da vielleicht ein Wunder geschehen ist, wie ich den Kannibalen entkommen bin. Wissen Sie, ich kann nicht mehr an Gott und sein Gesetz glauben, aber, sagen wir, ich will ihn auch nicht ganz vergessen.»

Ich habe Frau Kahn natürlich nichts von meinem Problem mit dem Telefonstecker gesagt, denn darüber würde sie nur lachen, sie nennt die Schabbatvorschriften nur «Formalitäten», albern einfach, und sie hat schon ein paarmal zu mir gesagt, Sie sollten manchmal einfach das tun, was Sie für richtig und vernünftig halten. Frau Kahn versteht meine Angst nicht, sie versteht nicht, daß bei uns in Oran die Angst vor Gott größer war, als es wohl in Mannheim der Fall gewesen ist. Gott sei gelobt, gepriesen, gedankt, das waren keine leeren Worte, wie man sie hier sagt. Der ganze Tag, das ganze Jahr war angefüllt von Worten und Dingen, die man beachten und fürchten mußte, die magischen Zahlen, die fünf Finger der Hand – man mußte immer zusehen, daß man eine Fünf im Gespräch unterbringt, eine Nummer mit einer Fünf zusammenkriegt. Notfalls sagte man, soundsoviel plus fünf, bei einer Altersangabe, der Anzahl der Kinder: Wieviel Kinder hast du? Eins plus fünf. Das brachte Glück und Gesundheit dazu. Faß das nicht an, geh da nicht vorbei, sprich das nicht aus, Regeln, Ratschläge, Zeichen, Zahlen, von solchen Dingen haben wir uns beschützen lassen. Beim Abschied wurde ein Glas Wasser hinter dem, der wegging oder verreiste, über die Schwelle geschüttet, um sich seiner glücklichen Rückkehr zu versichern, so wie das Wasser des Ozeans ja immer wiederkehrt, und auch, damit der Fuß sich an diese Schwelle noch erinnere.

Ein-, zweimal im Jahr sind wir zu den Gräbern der heiligen Rabbiner seligen Angedenkens gepilgert, da haben wir ein paar Tage zwischen Beten und Picknicken verbracht, jede Menge Araber sind mit uns gezogen, denn die hatten auch Ehrfurcht vor unseren heiligen Rabbinern und Vertrauen in ihre wundertätigen Kräfte, und wenn sie nicht selbst mitziehen konnten, haben sie Gebete bei uns in Auftrag gegeben in Sachen Ehe, Gesundheit oder Geschäft. Die Aschkenasim, so wie Frau Kahn, lachen darüber, sie finden uns abergläubisch und kindisch. Einmal habe ich Frau Kahn mit in unsere Synagoge genommen, gerade zu Simchat Tora, wo die Männer wie verrückt tanzen und dabei huwada! rufen, «Er wird kommen!» (wenn er doch bloß bald käme), auf arabisch. Huwada! Erst rufen sie, dann brüllen sie und stampfen mit den Füßen, während wir Frauen johlen und von jenseits der Trennwand Bonbons rüberwerfen, schreien und kreischen, youyouyou, klatschen und uns die Arme nach den Torarollen ausreißen, mit denen die Männer im Arm tanzen, dann küssen wir unsere Hände und bedecken uns die Augen vor soviel blendendem Licht. Er wird kommen! Huwada!

Frau Kahn war vollkommen entsetzt, sie hatte wohl vorher noch nicht richtig begriffen, daß wir aus arabischen Ländern stammen. «Bitte nehmen Sie's mir nicht übel, das ist nichts für mich», sagte sie, «ich möchte nie wieder mit in Ihre Synagoge kommen, das ist so fremd für mich. Oh, nein, ach, das ist nichts für mich, wirklich nicht.»

Die Aschkenasim sind so kühl und immer beherrscht, ich weiß gar nicht, wie die einen Tag wie Jom Kippur überstehen können ohne Angst und ohne Tränen, etwa wenn Gott es beschließt, «wer leben und wer sterben, wer durch Wasser, wer durch Feuer, wer durch Gewalt, wer durch Hunger und wer durch Durst, wer durch Unwetter oder Pest umkommen und wer zerschmettert oder erwürgt werden wird. Wer zur Ruhe kommen darf und wer durch die Welt irren muß, wer in Frieden leben wird und wer in Zerstörung, wer in Freude und wer in Trauer, wer arm und wer reich sein und wer erniedrigt und wer erhöht werden wird». Vom Fasten ist man sowieso schon schwach, und der Kopf fängt nach ein paar Stunden an weh zu tun, man hat Angst und fühlt sich schuldig und durchschaut in allem, was man gedacht, gesagt und getan hat. Nein, da kann man sich doch nicht von Gott stehengelassen fühlen, wie Frau Kahn das manchmal sagt.

Mein ganzes Leben schon habe ich die kleineren und mittleren Krankheiten, Unglücke und schwachen Momente als gerechte Strafen für Unaufmerksamkeit oder gar Ungehorsam gegen Gott entgegengenommen, sie gesammelt, heimlich zusammenaddiert und gehofft, daß ich das Maß an Unglück und Strafe, das mir zugeteilt ist, sozusagen in kleinen Summen zusammenbringe. Jeder kleine und mittlere Verlust war mir willkommen; jede Grippe, jede Migräne und jeder verpaßte Zug oder sonstwelche halbwegs schlechten Nachrichten gaben mir die Hoffnung, daß mir auf diese Weise ein ganz großer Schrecken oder Verlust vielleicht erspart bleiben und Gott es nicht mit mir übertreiben würde, ich wüßte schließlich nicht warum, denn ich liebe ihn, ich fürchte ihn, und ich lehne mich nicht gegen ihn auf.

Viel haben Frau Kahn und ich an diesem Schabbat nicht gerade gegessen. Ich wollte ihr die Reste von ihrem Fisch und von meiner Dafina mitgeben, aber sie hat abgelehnt; sie meinte, das sei auch so eine sefardische Unsitte, nein danke. Also deckten wir den Tisch ab, und ich habe die Reste in Plastikdosen gefüllt und in der Tiefkühltruhe eingefroren.

Am 14. Juli bin ich immer mit den Kindern zur Militärparade gegangen, in welcher Stadt wir auch gerade waren. Seit Zippora eine Freundin in der Avenue de la Paix hat, geht sie nun allerdings lieber dorthin; ihre Schwestern nimmt sie mit, da können sie ganz bequem auf dem Balkon sitzen und sich die Parade von Anfang bis Ende ansehen, während ich irgendwo mit den Jungen am Straßenrand zwischen den Leuten stehe und mich auf die Zehenspitzen stellen muß, obwohl ich ja weiß Gott groß bin, abwechselnd nehme ich immer einen von ihnen auf die Schulter, auch wenn sie eigentlich schon lange viel zu schwer dafür sind.

«Die Militärparade interessiert mich nicht, aber das Feuerwerk», sagte Frau Kahn. «Sie müssen doch auch mal rauskommen, Frau Serfaty, Sie können doch nicht völlig versauern. Sie haben schon alles gewaschen und aufgeräumt und geputzt. Also, heute gehen wir zum Feuerwerk!»

Ich hatte natürlich wieder Angst, daß mich jemand sehen könnte ohne meine Kinder, die Leute würden sich doch fragen, was macht sie denn da ganz allein, wo sind die Kinder? Aber Frau Kahn ist darauf nicht eingegangen. «Einfach dasitzen und warten hilft ja auch nicht», hat sie gesagt, «und außerdem ist es ja dunkel, man sieht Sie sowieso

nicht.» Sie hat eine hellblaue Baskenmütze mitge-
bracht und gesagt, ich solle einfach mal das Tuch
abnehmen und die Mütze anprobieren, dann hat sie
sie mir aufgesetzt und noch ein bißchen daran her-
umgezupft und gemeint, daß ich so viel besser aus-
sähe, nicht schon von weitem wie eine Orthodoxe.
Wir sind so gegen halb zehn losgegangen, und bei
dem Gedränge auf der Straße hat wirklich keiner auf
den anderen geachtet, man mußte auf sich selber
aufpassen, um sich einen Weg bis zu den Quais zu
schubsen. Bald habe ich auch die Baskenmütze abgenommen, weil es viel zu heiß war. Die Straßenbe-
leuchtung war ausgeschaltet, um den Glanz des
Feuerwerks gegen den dunklen Himmel zu verstär-
ken, und an mehreren Stellen der Stadt begann es
schon gleichzeitig zu knallen, zu krachen und aufzu-
leuchten in allen Farben, Blumen, Sterne und golde-
ner Regen, der langsam heruntersprühte. Die Leute
riefen «ah» und «oh» und klatschten und waren aufgeregt, oder wenigstens nicht gleichgültig, und Frau
Kahn sah mich von der Seite an, nach jedem
Feuerregen und nach jeder Feuerblume, ob ich auch
«ah» und «oh» rufe und ob es mir auch Spaß macht,
und ja, ich rief «ah» und «oh» wie alle anderen und
klatschte, wie sie es von mir erwartete.

Nach dem Feuerwerk war das Gedrängel noch
größer als vorher, weil nun alle in verschiedene
Richtungen auseinanderliefen und schoben und stol-
perten und weil sich an manchen Stellen Gruppen
bildeten, die einfach auf dem Platz stehenblieben
und alles verstopften. Frau Kahn traf einige von ih-

ren Bekannten aus dem «Cercle Wladimir Rabi», und die sagten, wir gehen noch was trinken auf der Terrasse am Uniplatz, bis sich das Gedränge gelegt hat, einer von ihnen sitze schon dort und halte Plätze frei. Frau Kahn zog mich einfach mit. Sie war sicher froh, daß ich inzwischen die Mütze abgesetzt hatte und also nicht mehr wie eine Orthodoxe aussah, denn die Leute vom «Cercle Wladimir Rabi» können Orthodoxe nicht ausstehen.

Auf der Terrasse bestellten sich alle kalte Getränke oder Eis, und ich bestellte mir einen Diabolo Menthe. Frau Kahn und ihre Bekannten redeten über ihre letzte Versammlung, über den Vortrag, den sie gehört hatten, und die anschließende Diskussion über «Die Emanzipation der Juden und die Französische Revolution». Sie gingen den ganzen Abend noch einmal durch, wer was gesagt hatte und wie man das verstehen müsse. Erst versuchte ich, ihnen zuzuhören, aber da ich ja nicht zu ihrem Zirkel gehöre und an dem Abend nicht teilgenommen hatte und also ganz unbeteiligt war, kam es mir vor, als hätten sie sich mit ihrem Gespräch in ein Nebenzimmer begeben und ich sei allein sitzen geblieben. Und so bin ich mit meinen Gedanken abgeschweift, natürlich wieder zu meinen Kindern. Ich hatte noch immer nicht begriffen, was eigentlich geschehen war. Was wäre, wenn Simon die Kinder für immer verschleppt hätte, und ich würde sie erst als Erwachsene wiedersehen, die Mädchen als Frauen und die Jungen als Männer, und sie würden vielleicht eine fremde Sprache sprechen und ich hätte Mühe, sie wiederzuerkennen und sie zu verstehen? Ich stellte mir vor, daß sie bis dahin wie Marranen lebten, die Liebe zu ihrer Mutter müßten sie äußerlich verleugnen, heimlich jedoch würden die Großen den Kleinen immer weiter von ihrer Mutter erzählen, um die Erinnerung aufrechtzuerhalten, und diese verborgene, verbotene Erinnerung würde ihnen Hoffnung auf Rückkehr und einen Zusammenhalt untereinander geben. Bis zu ihrer Rückkehr müßte ich mir mein Leben irgendwie einrichten, das beste wäre wohl, ich zöge zu meiner Schwester, da kann ich sicher beim koscheren Partyservice mitarbeiten, es heißt ja, daß sie mehr und mehr Aufträge haben. Ich werde tagsüber arbeiten und abends Billy ausführen, mit ihm durch die Gärten gehen und mich mit ihm über die Kinder unterhalten und so warten, bis die Jahre herumgegangen und die Kinder erwachsen geworden wären. Bei meiner Schwester fänden sie mich am leichtesten, und hoffentlich würde Billy dann noch leben, den sie doch so geliebt haben.

Ich sah mir die Leute auf der Terrasse an; sie erschienen mir alle unbeschwert und heiter, als ob sie in ihrem Leben gar keine Sorgen hätten, aber schließlich waren sie ja auch gekommen, um den 14. Juli zu feiern. Einer von Frau Kahns Bekannten hatte inzwischen schon eine neue Runde bestellt, und ich überlegte, wie viele Jahre es schon her war, daß ich einmal abends ausgegangen bin und auf einer Terrasse gesessen habe, und keiner hängt an mir, und keiner schreit nach mir, niemand macht mir Vorwürfe, keiner wartet auf mich. Ich habe nichts zu tun und muß mich um nichts kümmern. Ich dachte plötzlich an Oran, an unsere Ausflüge an den Strand, wenn die ganze Familie morgens aufbrach und dann bis in die Nacht hinein zwischen dem Meer und der Stadt kampierte, der ganze Clan, alle Onkel und Tanten und die unzähligen Cousins und Cousinen, es wurde gekocht, gegessen, geschlafen, und wir Kinder spielten zwischen den Decken und Körben, aus denen dauernd neue Speisen, Früchte, Süßigkeiten und sonstige Vorräte hervorgeholt wurden, als gingen sie nie zu Ende.

Seit meiner Ankunft in Europa habe ich immer nur drinnen gelebt, in engen Wohnungen und engen Straßen, als habe man mich in eine Kammer gesperrt, ohne Ausgang. Jetzt war ich froh, unter freiem Himmel zu sitzen, einem weiten, offenen dunkelblauen Himmel, an dem es eben noch gezuckt und geblitzt hatte, daß wir alle «oh» und «ah» gerufen hatten. Die Leute um mich herum redeten, rauchten und lachten, manche hatten die Schuhe ausgezogen und die nackten Füße auf einen Stuhl gelegt, und ich hörte Frau Kahn weiter mit ihren Bekannten reden, sie stritten sogar von Zeit zu Zeit, und ihre Stimmen wurden heftiger, aber ich war ja zurückgezogen, im Nebenzimmer, hörte ihnen nur wie von ferne zu.

Ich bestellte mir noch einen Diabolo Menthe mit viel Eis, und zum Schluß rauchte ich auch eine von den Zigaretten, die mir der Bekannte von Frau Kahn schon dauernd angeboten hatte. Und so blieben wir bis nach Mitternacht.

Ich träume manchmal, ich bin gefangen. Tage-, jahrelang. Nur in den Nächten bin ich frei, für ein paar Stunden gegen Morgen. In diesen Stunden kann ich herumgehen. Aber ich weiß nicht wohin. Alle die ich kenne, schlafen ja, und ich würde sie erschrekken, wenn ich plötzlich vor ihrer Tür stünde, zwischen Nacht und Morgen. Sie haben mich doch Jahre nicht gesehen und sich wahrscheinlich schon lange an den Gedanken gewöhnt, daß ich ganz verschwunden bin, für immer.

Ich trage meine Gefangenschaft durch die Straßen der Stadt, die Langeweile der Gefangenschaft, sie ist hinter mir und vor mir ist sie auch, ich bin also in diesen Stunden der Freiheit ebenso gefangen wie in meiner Zelle. Die Gefangenschaft ist sinnlos, und die nächtliche Freiheit ist es auch. Manchmal ist sie sogar noch schlimmer, ist Qual und Ekel.

Früher, in Oran, hat mir manchmal ein Onkel meine Träume gedeutet. Er sagte dann, setz dich hierher und erinnere dich. Erinnere dich an alles, was du im Traum gesehen hast, und erzähle es mir, langsam. Dann schwieg er, dachte nach und fragte noch nach diesem oder jenem Detail. Auch Simon hat mir in den ersten Jahren, als wir noch Freunde waren, meine Träume gedeutet. Aber als ich lernen wollte, sie selber zu deuten, hat er gesagt, nein, das muß man lange lernen, und es ist nichts für Frauen. Manchmal weigerte er sich auch, einen Traum zu deuten, zum Beispiel den schrecklichen Alptraum von dem Tier, das sich in meinen Fuß eingefressen hatte, halb Katze, halb Kaninchen, ich war nicht imstande, es von meinem Fuß zu lösen, bis es schon halb verwest war, ich bat sogar andere Menschen, mir zu helfen, aber obwohl sie es versuchten, gelang es niemandem, mich von diesem eingefleischten Tier zu befreien. Simon sagte, nein, das kann ich dir nicht erklären.

Einmal habe ich mir dann ein Heft von den Kindern genommen, es lag unbenutzt herum, weil ich es aus Versehen mit kleinen Karos statt mit den verlangten großen gekauft hatte, und habe angefangen, meine Träume aufzuschreiben. Ich nahm mir auch ein Etikett, klebte es vorn auf das Heft und schrieb darauf: Soharas Traumbuch. Simon sah es und sagte bloß, es sei doch sinnlos, Träume aufzuschreiben, überhaupt sei das ewige Aufschreiben sinnlos. «Willst du vielleicht auch noch ein Buch schreiben?» hat er mich ausgelacht, und dann hat er den Prediger Salomon aufgeschlagen und vorgelesen: «Des vielen Büchermachens ist kein Ende, viel Arbeit mit dem Kopf ermüdet den Leib.» Ich sollte lieber daran denken, die Kichererbsen für die Dafina rechtzeitig einzuweichen. Ich habe ihm gesagt, wenn ich schon meine Träume nicht deuten kann, will ich sie mir wenigstens merken und deshalb aufschreiben, dann werde ich sie vielleicht später einmal verstehen.

Und nun träumte ich von meinen Kindern. Daß

sie wieder bei mir wären, aber wir lebten in einem nördlichen Land, wo es immer kalt ist, wo immer Schnee liegt und wo Eisbären herumlaufen. Wir sind gezwungen, dort zu leben, aus einem unerfindlichen Grund, aber wissen nicht wie und haben nichts und finden nichts, womit wir uns gegen die Kälte schützen können. Es fiel mir ein, daß Simon einmal gesagt hatte, Schnee, das bedeutet Dürre, Hunger, Tod.

Man denkt immer, das Schreckliche müsse mit Blitzen und Donner erscheinen, aber diese Vorstellung ist ganz falsch, das Schreckliche kommt nämlich ganz harmlos heran, verborgen im Alltäglichen, so daß man es gar nicht gleich erkennen kann.

Eines Morgens kurz nach elf klingelte Frau Kahn, sie war bleich und sah schlecht aus. Sie forderte mich auf, mit zu ihr hinüberzukommen, und dann standen wir in ihrem Wohnzimmer, und auf dem kleinen Tisch vor ihrem Sofa lag ein Brief mit Simons Handschrift, ich habe sie natürlich sofort erkannt. «Warum er diesen Brief bloß an mich adressiert hat», sagte Frau Kahn. «Er lag in meinem Briefkasten, ich habe ihn eben geholt, nichtsahnend, und ich dachte noch, wer schreibt mir denn aus Argentinien.» In dem Kuvert war die Ansichtskarte einer unendlich weit ausgedehnten Stadt mit Bergen am Horizont, und auf der Rückseite standen ein paar Zeilen von Simon. Er sei mit den Kindern in Argentinien. Er habe ein Haus gekauft. «Gekauft?» fragte Frau Kahn. Dort, in diesem Haus in Argentinien, lebe er nun mit den Kindern, die Kinder seien sehr glücklich, und er werde nicht mehr zurückkehren, wahrscheinlich nie mehr zurückkehren. Das sei ein wunderbares Land, Argentinien. Er habe auch schon der entsprechenden Behörde mitgeteilt, daß die Kindergeldzahlungen nun überflüssig seien.

Ich schrie auf und Frau Kahn heulte. Während sie hinauslief, um die Baldriantropfen zu holen, schmiß ich mich auf ihr Sofa und warf die Kissen, die dort immer so schön aufgereiht liegen, jedes an seinem Platz, das blaue, das rosane, das hellgelbe, das grüne, auf den Boden. Frau Kahn setzte sich neben mich und hat sie wieder eingesammelt und auf ihrem Schoß gestapelt. «Argentinien, mein Gott, Argentinien, verstehen Sie das?» hat sie immer wieder gesagt, und dann nahmen wir ihre Baldriantropfen, sie zehn und ich zwanzig.

Da ist es mir wie Schuppen von den Augen gefallen, ja, nun hatte ich verstanden. Eigentlich hatte ich schon lange verstanden. Simon ist nicht nur einfach ein lächerlicher Angeber, ein Hochstapler und Betrüger, das hatte ich ihm ja schon ins Gesicht gesagt, am Bahnhof in Kehl, aber da wußte ich noch nicht, daß er auch ein Verbrecher ist, obwohl ich es hätte ahnen können, unverschämt und ungezügelt, wie er eben ist. «Ein wahnsinnig gewordener Heiliger», sagte Frau Kahn, «oder, ach was, ein Krimineller einfach, ein ganz gewöhnlicher Krimineller. Ich schäme mich richtig für ihn.»

Ich nahm den Briefumschlag und die Ansichtskarte von Argentinien und zerriß sie. Ich habe beides

in hundert kleine Schnipsel zerrissen und die Schnipsel in die Luft geworfen, daß sie wieder herunter-
segelten wie Konfetti beim Kindergeburtstag, und
habe Frau Kahn verkündet, laut und deutlich: «O
nein, nun schäme ich mich nicht mehr. Ich habe
mich lange genug geschämt und wollte die Wahrheit
nicht wissen, habe nie gefragt und nichts gesagt.
Doch jetzt habe ich endlich begriffen, daß ich hereingefallen bin. Einfach hereingefallen auf einen
Betrüger, einen Verbrecher, bin seinem Theater,
seinen Lügen, seinem Wahnsinn auf den Leim gegangen, habe sogar versucht, ihn zu verstehen. Jetzt
werde ich ihn anklagen und Recht und Gerechtigkeit
suchen. Ich klage an!»

Auf der Polizei haben sie bloß mit den Schultern gezuckt – was soll da Besonderes sein, ein Vater ist mit seinen Kindern verreist, das verstößt schließlich gegen kein Gesetz. Und der Rechtsanwalt, einer von Frau Kahns Bekannten aus dem «Cercle Wladimir Rabi», hat es auch nicht begreifen wollen oder können. Ich wurde wütend und habe zu schreien angefangen, «da ist ein Mann, der stiehlt, betrügt und entführt, verstehen Sie das nicht? Den müssen Sie suchen und verhaften lassen!» Vielleicht habe ich zu laut geschrien, und es sind mir ein paar arabische Flüche mit herausgerutscht, jedenfalls wollte er die ganze Geschichte gar nicht bis zu Ende anhören, hat mich weggeschickt und gesagt, ich solle mich erst einmal beruhigen. Nachmittags, so um halb sechs, nachdem mir sogar Frau Kahn dazu geraten hatte, habe ich Rabbiner Hagenau angerufen, und eine Stunde später schon saß ich in seinem Büro, ich hatte am Telefon gleich gesagt, daß es sehr dringend sei, ein äußerst dringender Fall.

«Ach, Recht und Gerechtigkeit sind große Worte», sagte er mir. «Sie wissen doch selbst, die Gerechten kommen um, und die Gottlosen führen ein gutes Leben. Über diese Sachen wissen wir wenig. Ich kann Ihnen leider nichts versprechen. Es laufen schon genug herum, die sonst etwas versprechen, wovon wir bloß träumen können, und behaupten, alles über alles zu wissen. Ihr Mann ist doch wohl auch so einer von denen. Nicht nur einfach ein Lügner, Spinner, Krimineller, sondern eher so ein Wahnsinniger Gottes, den man nur schwer bremsen kann. Einer, der glaubt, das Böse auf die Spitze treiben zu müssen, um die Welt zu erlösen, ein kleiner falscher Messias, der sich nun unsichtbar gemacht hat.»

Er wußte, von wem er sprach, denn Simon hatte sich ja mit allen Rabbinern in allen Städten angelegt, mit seiner Besserwisserei und Sich-in-alles-Einmischen. Wahrscheinlich hatte auch Rabbiner Hagenau schon eine Menge über ihn gehört, von seinen Kollegen in anderen Städten und dazu den Klatsch der Gemeinden, schließlich kommt er ja mit vielen zusammen und ist selbst viel unterwegs.

Rabbiner Hagenaus Anzug ist nicht ganz so schwarz wie der von Simon, und sein Bart nicht so lang, er ist sogar ziemlich kurz. Er saß in seinem Arbeitszimmer, mehr wie ein Geschäftsmann in seinem Büro, um ihn herum eine Menge Geräte, die zwischendurch klingelten und piepten, Minitel, Computer, Fax und Kopiergerät, auf dem er gleich Simons Brief kopieren wollte, aber ich sagte ihm, daß ich ihn zerrissen habe, worauf er bemerkte, es nütze ja sowieso nichts, und ich wußte nicht, ob er damit das Zerreißen oder das Kopieren meinte. Das Telefon klingelte ziemlich oft, und er antwortete jedesmal in einer anderen Sprache, Hebräisch, Englisch, Französisch oder Jiddisch, ein paarmal lief er auch hinaus, um seiner Frau etwas zu sagen oder weil jemand vor der Tür stand, das machte mich ziemlich nervös.

Rabbiner Hagenau ist der Richter der Gemeinde. Er hat schon in vielen Rechtsstreitigkeiten entschieden, eine Menge Ehen geschieden, er hat die Gültigkeit der Schabbatgrenze um die Stadt herum festgelegt und ist für die koscheren Lebensmittel verantwortlich; er geht in die Lebensmittelfabriken, beobachtet, analysiert, kontrolliert und gibt schließlich seinen Koscherstempel, wenn alles seinen Anforderungen entspricht, und irgendwann jeden Herbst rückt er mit einer Truppe junger Männer bei einigen Winzern in der Gegend an und überwacht die Herstellung des koscheren Weins. Rabbiner Hagenau war es auch, der die Fleischerei in der Rue des Arcades für nicht mehr koscher erklärt hat. Eines Tages stand man davor, und im Schaufenster hing eine handgeschriebene Mitteilung, daß die Kaschrut in diesem Geschäft nicht mehr gewährleistet und der Fleischerei hiermit die Anerkennung durch Rabbiner Hagenau entzogen sei. Keiner weiß, was aus dem armen Fleischer geworden ist.

Frau Kahn, die ja sowieso nicht viel für Rabbiner übrig hat, nennt ihn immer nur den Rabbiner Haargenau. Sie mag Rabbiner um so weniger, wenn sie aus entlegenen polnischen Orten stammen und versuchen, eine gemäßigte westeuropäische Gemeinde nach den beschränkten Vorstellungen ihres Schtetl umzuwandeln. «So was regt mich wahnsinnig auf, wo leben wir denn», sagt sie.

Ich aber rufe ihn des öfteren an, um einen Rat einzuholen, besonders vor Pessach, wegen der schwierigen Details des Pessachputzes, wegen Herd, Backröhre, Ausguß, und um mich all der Lebensmittel zu versichern, die dann plötzlich von überallher auftauchen, aus der Schweiz, aus Amerika, aus Israel, und da weiß man nicht, welche der Koscherstempel vertrauenswürdig sind und welche nicht. In den ersten Jahren hat Simon das alles selbst entschieden, und die Auswahl der Stempel, denen er vertraute, war entsprechend klein. In den späteren Jahren hat er sich aber auch darum nicht mehr gekümmert, und so fing ich an, mir die Auskünfte, die ich brauchte, bei Rabbiner Hagenau zu holen.

Ein Jahr lang habe ich jeden Dienstag, um 20 Uhr 30, seinen Kurs besucht, in der Zeit, als Simon schon fast gar nicht mehr nach Hause kam. In diesem Kurs wurde das Gebetbuch durchgenommen, damit wir uns besser darin zurechtfinden und wissen, was wir da beten, und nicht einfach nur etwas herunterleiern, das wir nicht verstehen. Rabbiner Hagenau erklärte, aus welcher Zeit und woher die Gebete stammen, ihren Zusammenhang mit anderen Texten, und wir diskutierten über ihre Bedeutung. Es war ein Kurs nur für Frauen, und natürlich brach ein Sturm der Entrüstung aus, als wir beim Morgengebet an der Stelle anlangten, an der die Männer sagen: «Gelobt seist Du, Ewiger, unser Gott, daß Du mich nicht als Frau erschufst», und wo die Frauen statt dessen sagen, «... daß Du mich nach Deinem Wohlgefallen erschufst.»

Rabbiner Hagenau konnte lange erklären, daß damit keine Rangordnung zwischen Männern und Frauen gemeint sei, sondern im Gegenteil, daß eben jeder den Platz, den Gott ihm zugewiesen hat, akzeptieren solle, einen Platz, den wir nicht gewählt und auch nicht verdient hätten, und daß schließlich die Frauen sowieso Gott näher seien in ihrer verhältnismäßigen Vollkommenheit, weswegen es eben hieße «nach Deinem Wohlgefallen». Aus diesem Grunde hätten die Frauen ja auch weniger Gebote zu erfüllen als die Männer, die sich erst durch die Erfüllung all der zahlreichen Vorschriften von sehr weit her auf den Weg zu Gottes Wohlgefallen heranarbeiten müßten.

So richtig haben wir ihm damals nicht geglaubt, wir haben weiter gebohrt und gefragt, bis er schließlich mit den Achseln zuckte und gesagt hat, «also mehr weiß ich Ihnen dazu nicht zu sagen.»

Wir entschieden, als wir nach dem Kurs, die Mäntel suchend, im Flur herumstanden, daß der Abend eher eins zu eins ausgegangen sei; er hatte uns nicht überzeugt, und wir hatten ihn auch nicht völlig aus der Bahn gebracht.

Damals schon hatte Rabbiner Hagenau mich einmal nach Simon gefragt, wer er sei, wieso er sich Rabbiner nenne und wo er diesen Titel erworben habe. Ich wiederholte, was Simon mir erklärt hatte, in Singapur, er sei der Rabbiner von Singapur. Da hat Rabbiner Hagenau genauso laut gelacht wie Frau Kahn, als sie es erfuhr: «Der Rabbiner von wo, bitte?» – «Von Singapur.» Er hat mich weiter nach seinen Studien gefragt, aber davon wußte ich wenig. Ich erzählte ihm vom Sohar und vom Buch Daniel, die Simon angeblich so intensiv studiert hatte. «Ausgerechnet die Bücher, die keiner versteht», erwiderte Rabbiner Hagenau darauf und hat den Kopf geschüttelt. Simon habe ich natürlich nichts von diesen Erkundigungen erzählt, ich wußte ja, daß er sowieso wütend auf seine «Kollegen» war, die ihm ihre Anerkennung verweigerten und ihn nur zum Geldsammeln in der Welt herumschickten. Später bin ich nicht mehr zum Kurs am Dienstagabend gegangen, weil ich einfach viel zu müde war, um abends um halb neun noch hinauszugehen.

Und nun saß ich also in Rabbiner Hagenaus Büro und erzählte ihm alles, was geschehen war, von der Entführung meiner Kinder, und da ich schon dabei war, auch gleich von meinem ganzen verpatzten Leben mit Simon. Wie ich ihn geheiratet hatte, ohne ihn eigentlich zu kennen, aus Einsamkeit nur und aus Angst, keine Kinder mehr zu bekommen. Wie er mich mit den Kindern von einer Stadt in die andere geschleppt hatte, wo wir nur wie unruhige Reisende waren, den Koffer immer schon halb wieder gepackt. Und wie er immer frommer und frommer wurde, wenn man so etwas noch fromm nennen kann, ständig nur schweigen oder schreien und alles besser wissen und Tische zertrümmern und auf den Müll werfen und sich Rabbiner von Singapur nennen und angeblich für heilige Zwecke sammeln und in Wirklichkeit stehlen. Wie er erst mit uns zusammenlebte und dann nur noch ein Gast war und

schließlich ein Fremder, der sich bloß bei uns breit-
machte, wenn er mal auftauchte, und wie er schließlich mit den Kindern auf und davon gegangen ist.
Daß ich in dieser Tat keinen anderen Sinn finden
könne, als Böses zu tun, Böses an sich, nur um mich
zu demütigen, zu verletzen, zu zerstören. Bloß aus
welchem Grund? Oder ob er vielleicht gar nicht
wahnsinnig sei, sondern ein ganz kaltblütiger Krimineller, der seine Pläne hat. Ob er vielleicht eine
koschere Mafia aufbauen wolle und die Kinder in
Argentinien zu einer Bande von Betrügern und fal-
schen Rabbinern ausbilden, um sie später wieder in
die Welt hinauszuschicken, als Schüler und Boten
seiner Habgier. Jedenfalls müßten die Kinder wieder
zu mir zurück, koste es, was es wolle, und ich for-
dere nun Recht und Gerechtigkeit.

Rabbiner Hagenau hat sich das alles angehört, und
dann hat er gesagt, «wir wollen bescheiden sein,
verstehen Sie, erst eine bescheidene, eine praktische
Lösung finden, eine vernünftige. Das Wichtigste zuerst. Erst die Kinder und dann Recht und Gerechtigkeit.» Aber er war ziemlich aufgeregt, als er so
sprach, er klickte dauernd seinen Kugelschreiber
rein, raus, rein, raus. «Wir müssen ihn in eine Falle
locken, einen Trick finden, vielleicht auch krumme
Wege gehen, die Vernunft geht oft krumme Wege»,
ob ich dazu bereit sei. Ich antwortete ihm, ich hätte
sehr wohl verstanden, daß wir nun handeln müßten,
und ich sei zu allem bereit. «Wir werden sie bestimmt wiederkriegen», sagte er, «wir werden ein
Netz spannen, in dem er sich verfangen wird, und

ihm die Kinder wieder abnehmen. Sie wissen doch, Frau Serfaty, alle Rabbiner der ganzen Welt kennen sich irgendwie, ich rufe drei, vier von ihnen in anderen Städten an, und die rufen wieder drei, vier andere in anderen Städten an, und dann gibt es ja noch die Rabbinerkonferenzen, wo man sich trifft, und alle die Bar-Mizwa- und Hochzeitsfeiern, auf denen man sich auch wiedersieht, und unsere Kinder sind in den verschiedensten Ländern verheiratet, so ist das Netz doch schon gespannt. Wir könnten es die ‹Tora Connection› nennen.» Er konnte gar nicht aufhören, über diesen Witz zu lachen. «Wenn Ihr Mann immer noch so fromm tut, muß er ja früher oder später irgendeinem Rabbiner über den Weg laufen, am besten auf nordamerikanischem oder europäischem Boden, denn dann geht er in die Falle, unweigerlich – schnapp und zu», er schlug mit der Handkante auf den Tisch, daß die Apparate hochsprangen. Eines der Telefone fing sofort an zu klingeln, und es war ja nun auch alles gesagt. Seine Frau hat mich zur Tür gebracht, und wir haben noch ein paar Worte miteinander gesprochen, und obwohl sie es doch gar nicht verstehen konnte, sagte ich ihr, wahrscheinlich hätte ich selber mit den Kindern schon längst auf und davon gehen sollen. Bloß wohin?

Meine Angst und die Scham hatte ich abgelegt und
das Kopftuch auch. Ich ging jetzt meistens so um
zehn Uhr aus dem Haus, und eine Viertelstunde später überschritt ich schon die Grenzen meines Territoriums und betrat fremdes Gebiet, obgleich ich
dort nichts zu holen oder zu erledigen hatte. Ich lief
einfach so herum, ohne Grund und ohne Ziel, in die
Stadt hinein, den Straßen nach, wohin sie mich eben
führten, stellte mich vor die Schaufenster und betrachtete ausgiebig die Auslagen, an denen ich jahrelang nur vorbeigehetzt bin, und fühlte, wenn ich so
ziellos hinschlenderte und mir Zeit für lauter un-
nütze Sachen ließ, so etwas wie Mut in mir aufstei-
gen, eine Erleichterung wenigstens, und ich fürch-
tete mich nicht.

Die Tage waren noch immer lang und der Sommer noch immer so heiß, aber das ist hier nicht die
gleiche Hitze wie in Oran, wo dauernd ein leichter
Wind vom Meer weht und wo wir gekachelte Fuß-
böden hatten, über die wir ab und zu einen Eimer
Wasser schütteten, nein, es ist die schwüle Hitze der
Ebene zwischen den Bergketten, die ich so schwer
ertragen kann.

Ich hatte nichts zu tun, mußte nicht einmal ans
Mittagessen denken, nicht entscheiden, ob ich nun
Kuskus mit Gemüse oder Nudeln mit Tomatensoße

koche, oder ob ich einfach Würstchen aus der Tiefkühltruhe nehme, die ich mit einem Salatblatt in eine
halbe Baguette stecke, die Kinder nennen das dann
«Hamburger». Sie schreien schon, wenn sie zur Tür
hereinkommen, daß sie Hunger haben, und einer
will kein Gemüse und der andere keine Nudeln, aber
wir können auch nicht jeden Tag «Hamburger» essen, das einzige, worauf sie sich immer einigen können.

Ich kaufte mir einfach beim Bäcker ein Stück Kuchen und aß es auf der Straße, wie ich es früher, in
Amiens, mit meinen Freundinnen nach der Schule
getan habe, heimlich natürlich, denn meine Mutter
hätte es nicht erlaubt, daß ich mir bei einem goji-
schen Bäcker ein Stück Kuchen kaufe, und meine
Kinder dürfen das natürlich auch nicht.

Einmal ging ich eine breite Allee hinunter und
dann immer weiter durch alle möglichen Straßen in
Richtung der Altstadt, die ich in all den Jahren noch
nie betreten hatte. In den meisten Häusern standen
die Fenster weit offen, ich hörte wieder den Klang
von Teller- und Besteckklappern und Stühlerücken,
und diesmal kam es mir vor, als seien nun die anderen Gefangene in ihren Wohnungen und ihren Ge-
wohnheiten, aber ich konnte frei herumgehen und
lebte nach meiner Laune.

Die Stadt erschien am Rande ziemlich leer und
wurde zu ihrem Zentrum hin immer voller von
Menschen, einzelne, Paare, Familien, kleine und
große Gruppen. Ich ging an den Quais entlang, einmal um die Altstadt herum, auf dem Wasser fuhren

Dampfer und Ausflugsboote, von denen Fetzen fremder Sprachen vorbeiwehten, Kinder vom Deck herüberwinkten, sie langweilten sich wahrscheinlich und interessierten sich nicht für die Erklärungen der Reiseführer. Und ich lief herum wie eine, die Urlaub macht in der eigenen Stadt, mitten unter Leuten, die aus der Fremde kamen, um sie zu besichtigen, und es war mir, als entdeckte ich sozusagen einen neuen Kontinent, noch ein Amerika, und diese Leute liefen wie Eingeborene halbnackt und geschmückt mit Hüten, Tüchern, Fotoapparaten vor mir her, ich beobachtete sie und lachte über sie.

Plötzlich kam mir die Idee, zum Friseur zu gehen, aber dazu bin ich wieder in mein angestammtes Territorium zurückgekehrt, zu «Coiffure Gerard» an unserer Ecke, wo ich schließlich jeden Tag vorbeilaufe, aber betreten habe ich das Geschäft noch nie. Nur ein einziges Mal in meinem Leben überhaupt war ich beim Friseur, das war vor meiner Verlobung mit Simon. Die Friseuse war eine von Mutters Bekannten aus Algerien, die in Amiens einen Friseur- und Kosmetiksalon eröffnet hatte. Sie hieß Madame Ayache, und ich ging nicht zu ihr, sondern sie kam am Tag vor meiner Verlobung zu uns nach Hause, frisierte und manikürte mich, denn von der Arbeit im Krankenhaus sahen meine Fingernägel ziemlich mitgenommen aus. Dann bemalte sie mir die Hände mit Henna, ein feines Muster, als trüge ich Spitzenhandschuhe; die Mädchen und Frauen der Familie standen drumherum, dann bekamen auch sie die Hände bemalt. Wie viele Male habe ich als Kind an solchen Feiern teilgenommen! Nur die Schwestern, Cousinen und engen Freundinnen der Braut wurden bemalt, sie waren sehr ausgelassen und liefen dann ein paar Tage mit ihren gemusterten Händen herum, stolz, denn es war ein Zeichen, daß wieder eine von der Familie unter die Haube gekommen war. Das Heiraten war doch das Wichtigste von allem.

Für die Hochzeit habe ich mir eine Perücke geliehen und später immer das Kopftuch getragen. Morgens streifte ich es einfach so über, ohne noch einmal in den Spiegel zu sehen. Es gilt als sehr verdienstvoll für uns Frauen, wenn wir die Pflicht erfüllen, unsere Haare zu verdecken. Simon hat peinlich darauf geachtet, daß ich auch morgens nach dem Aufstehen und am Vormittag nicht etwa mit offenen Haaren herumlief, und er erzählte immer wieder die Geschichte von der Frau, deren Söhne alle große Gelehrte und Heilige unseres Volkes geworden waren; das sei der Lohn dafür gewesen, daß nicht einmal die Wände ihres Hauses jemals ihr Haar gesehen hatten.

Bei «Coiffure Gerard» bestellte ich Waschen und Legen. Die Friseuse schlug mir verschiedene Varianten des Haarschnitts vor, und ich wählte den, der mir am wenigsten auffällig erschien. Dann kämmte, bürstete, stocherte, schnitt, zog und drehte sie an meinem Haar herum, und ich saß meinem Spiegelbild gegenüber und wußte nicht, wann ich mich das letzte Mal so lange im Spiegel angesehen hatte. Ich sah mich an und fragte mich, was bloß aus mir geworden war. Mir schien, ich war nicht

mehr zur Besinnung gekommen, seit ich damals zusammen mit meiner Mutter und meiner Schwester
auf dem Schiff gestanden und nach Oran zurückge-
schaut hatte. Unsere Mutter hatte zu uns gesagt,
verabschiedet euch, ihr werdet nie wieder an diesen
Ort zurückkehren, und sie weinte, wie alle auf dem
Schiff weinten. Je kleiner die Silhouette der Stadt
wurde, je mehr sie versank und verschwand, desto
lauter wurde das Weinen und Klagen, bis sich alle
unter Deck zurückzogen wie in den eigenen Sarg, als
nur noch ein grauer Himmel zu sehen war und ein
graues Meer, an dem es keine Küste mehr gab.

Rabbiner Hagenau oder seine Frau mußten weiter-
erzählt haben, was geschehen war, denn nun hörte
das Telefon überhaupt nicht mehr auf zu klingeln,
die Mütter der Freundinnen und Freunde meiner
Kinder riefen an und sagten, sie hätten von dieser
Sache gehört, das sei ja unglaublich, wie schrecklich, wie furchtbar, so ein Unmensch, und sie fragten, ob sie etwas für mich tun könnten, helfen, etwas
erledigen oder besorgen, oder ob ich sonst irgend
etwas brauche. Ein paar standen auch gleich vor der
Tür, klingelten, stürmten herein, setzten sich in den
Salon, sie wollten alles ganz genau wissen und er-
zählten noch von vielen anderen schrecklichen Taten und Unglücken, von denen sie schon gehört hatten, an anderen Orten, zu anderen Zeiten. Plötzlich
war ich geradezu überrannt von Freundschaft und
Freundlichkeit, oder etwas, das jedenfalls so aussah.
Ich lernte in dieser so kurzen Zeit Leute und immer

mehr Leute kennen, nach all den Jahren, in denen ich kaum mit einem Menschen in dieser Stadt geredet hatte, wie in den anderen Städten vorher auch nicht. Meine neuen Bekannten luden mich ein, ich saß an ihren Tischen, und ich hatte sie natürlich alle schon einmal irgendwo gesehen, in der Synagoge, bei Elternversammlungen oder wenn ich die Kinder vom Kindergarten abholte, man hatte sich schon tausendmal gegrüßt, wie geht's? Geht's gut? Danke, es geht sehr gut. Man sagt immer, daß es einem gutgeht, weil man in Wirklichkeit ganz fern voneinander bleibt, und man kann nicht sagen, es geht mir schlecht, wenn Sie wüßten, wie schlecht ich mich heute fühle.

Es wuchs um mein Unglück herum eine Art Brüderlichkeit, die natürlich hauptsächlich aus Mitleid bestand, aus der Aufregung wegen dieses ungewöhnlichen Ereignisses und aus Dankbarkeit, daß es einem nicht selbst widerfahren war; das verstand ich schon, aber es tat mir trotzdem gut, mich im Mittelpunkt zu fühlen, statt immer nur jenseits aller Ränder. Doch wenn ich dann bei den neuen Freunden am Tisch saß, fragten sie nicht mehr nach meinen Kindern und nach meinem Mann, den sie gerade noch Unmensch genannt hatten, als ob sie Angst hätten, daß der Schrecken auch in ihr Haus kommen könnte. Es gab Dafina und Tajina, ganz wie in Oran, sie drängten mich, mehr zu essen und noch mehr zu essen, auch ganz wie in Oran, und gaben mir am Ende noch Essen in Plastikdosen und Kuchen in Tüten mit, erst recht so wie in Oran. Über

mein Unglück aber sprachen wir nicht mehr, jedenfalls nicht bei Tisch, im Beisein aller, nur beim Weg-
gehen noch einmal, schon an der Tür, flüsternd, mit
der Frau des Hauses, allein.

Seit ich mich von der Scham und meinem unwürdi-
gen Leben befreit hatte, spürte ich immer mehr die
Gewißheit, daß nun auch die Befreiung meiner Kinder, mit Gottes Hilfe, nicht mehr weit sein konnte.
Ich bin ruhig geworden, wie in den letzten Tagen,
bevor ich die Kinder zur Welt gebracht habe, da
fühlte ich schließlich auch jedesmal ganz sicher,
wenn es soweit war. Selbst bei Michael, der drei
Wochen zu früh kam, ist es so gewesen, der Arzt
und die Hebamme wollten mich wieder aus dem
Krankenhaus nach Hause schicken, es sei noch viel
zu früh, an eine Entbindung überhaupt nicht zu denken, aber ich bin geblieben und habe gesagt, es ist
soweit, ich weiß es.

Rabbiner Hagenau hat fast täglich angerufen. Er
sagte, das Netz sei ausgeworfen, er habe herumtele-
foniert und Briefe geschrieben in alle Welt, manche
seiner Kollegen hätten von der ganzen Geschichte
nichts wissen wollen, sie hätten gesagt, «wir sind
doch keine Polizei», und «solche Angelegenheiten
zwischen Mann und Frau sind heikel, man kann sie
nur schwer verstehen». Doch andere hätten sich alles angehört und dann selbst weitertelefoniert und
herumgefragt und Briefe geschrieben, und sie hätten
auch schon Erfolge zu verbuchen, sie seien ihm auf
der Spur. Simon scheine schon seit einiger Zeit Ar-

gentinien verlassen zu haben und soll in London auf-
getaucht sein. «London, das ist schon viel, viel ein-
facher», sagte Rabbiner Hagenau. «Halten Sie sich
bereit, Frau Serfaty, und packen Sie eine kleine Reisetasche zusammen.»

Und so habe ich mir ein kleines Köfferchen griff-
bereit neben die Tür gestellt, tatsächlich wie in den
letzten Wochen meiner Schwangerschaften. Ich
wartete nicht mehr auf meine Kinder, ich erwartete
sie schon.

Unter den Reklameblättern, die immer im Briefkasten liegen, hatte ich ein Sonderangebot für Farben und Malmaterial gesehen. Ich ging zu dem
angegebenen Baumarkt und kaufte zwei Rollen
Rauhfasertapeten und zwei Eimer Weiß mit einer
Nuance Gelb darin, eine Malerrolle und einen Pinsel
für die Ecken. Wenn die Kinder wiederkämen, sollten sie nicht mehr in das alte, abgewohnte Kinder-
zimmer zurückkehren, sondern in ein frischgestri-
chenes für einen neuen Anfang, alles sollte ganz
anders sein. Ich stellte die sieben Betten, die Nacht-
tische und Regale in der Mitte des Zimmers zusammen und riß die alten Tapeten herunter, die mit den
kleinen Schmetterlingen, nachdem ich das Problem,
ob nun mehr Schmetterlinge mit Punkten oder ohne
Punkte darauf abgebildet sind, sowieso nicht hatte
lösen können.

Am nächsten Morgen bin ich auf die Leiter gestiegen und habe die Decke gestrichen und schon am
Abend angefangen zu tapezieren. So gegen sechs
kam Frau Kahn herüber, es schien ihr nicht gutzuge-

hen; sie mußte sich an der Leiter festhalten, weil ihr so schwindlig war, und ich wäre fast heruntergefallen, so sehr wackelte die Leiter. Ich überredete sie, Dr. Schwab zu holen, der auch ziemlich schnell kam und sie ins Krankenhaus überwies, «das ist doch sicherer», sagte er. Wir haben ein Taxi bestellt, und ich habe sie begleitet, und während wir fuhren, sagte Frau Kahn, sie sei in letzter Zeit so niedergeschlagen, eigentlich habe sie gar keine Lust mehr am Leben. Ich habe ihr gut zugeredet, das würde doch vorübergehen, es sei wegen der Hitze, unter der litten wir alle, wir brauchten nur ein ordentliches Gewitter. Aber sie sagte, «nein, nein, es ist das Herz, es ist erschöpft». Sie bat mich, ihren Sohn anzurufen, der gerade seinen Urlaub in der Schweiz verbringe, vielleicht könnte er doch vorbeikommen. «Wissen Sie, als Mutter kann ich ihn doch nicht so bitten.»

Als sie dann hörte, daß Raffael kommen würde, lebte Frau Kahn sofort wieder auf und schöpfte neue Hoffnung, auch gleich für mich mit. «Sie werden sehen, Frau Serfaty», sagte sie, «wir werden bald wieder mit allen unseren Kindern vereint sein.»

Die Farbe trocknete schnell bei der Hitze, aber man merkte doch, daß der Sommer langsam zu Ende ging. Die Leute aus dem Haus kehrten einer nach dem anderen aus den Ferien zurück, und auch auf dem Markt sah ich bald wieder die alten Gesichter.

Und dann, es war Mittwochnachmittag, im Fernsehen lief gerade «Einer für alle», und ich stand auf der Leiter, um das Stück Wand über der Gardinenleiste zu streichen, klingelte das Telefon und Rabbiner Hagenau sagte, «es ist soweit. Sie müssen sofort herkommen, mit Ihrer Reisetasche. Sofort.»

Bis zur Rue Ehrmann braucht man eigentlich eine Viertelstunde, aber ich schaffte es diesmal in fünf Minuten. Ich habe die gepackte Tasche neben der Eingangstür geschnappt und noch schnell die Wohnungsschlüssel bei Raffael abgegeben, der mir hinterherrief, daß er seine Mutter heute wieder aus dem Krankenhaus nach Hause holen könne, und ich rief noch über die Schulter, «um so besser, gottseidank!» Als ich ankam, saß Rabbiner Hagenau schon in seinem Auto, mit laufendem Motor, ich setzte mich neben ihn, und wir fuhren sofort los. «Ich bringe Sie jetzt zum Flugplatz», sagte er. «Sie fliegen nach London. Das Flugzeug geht um 16 Uhr 20, wenn alles klappt, können Sie vor Mitternacht zurück sein, und Sie brauchen die Tasche vielleicht nicht einmal.» Er reichte mir zwei Kuverts herüber, ein dickes und ein dünnes. In dem einen Kuvert war eine Flugkarte und in dem anderen waren sechs.

Dann erst erzählte er, wie Simon in die Falle gelaufen war, er hatte es gerade von seinem Kollegen aus London am Telefon gehört. Simon hat nämlich die Kinder von einer Frau in Stamford Hill, wo die Chassidim wohnen, hüten lassen, während er in anderen Bezirken der Stadt seinen Betrügereien nachging, sie hatten jetzt alles herausgefunden. Der Frau war aufgefallen, daß die Kinder nur nagelneue Sachen trugen, alle mit denselben argentinischen Firmenschildchen, und daß es von einer Mutter keine

Spur gab und die Kinder in keiner Sprache der Welt auf die Fragen antworteten, die sie ihnen stellte, besonders nicht auf die Frage, wo denn eigentlich ihre Mutter sei. Abends wurden sie von ihrem Vater abgeholt, und niemand wußte, wohin er mit ihnen verschwand. Die Frau hat Verdacht geschöpft und alles ihrem Mann erzählt, sie haben sich beraten und den Rabbiner alarmiert, der wiederum schon mehrmals Rabbiner Hagenau angerufen und noch eine Menge anderer Details über Simon herausbekommen hatte. Man werde sich mit dem «Rabbiner von Singapur» noch ausgiebig beschäftigen, hat er gesagt, wenn die Kinder erst einmal wieder bei ihrer Mutter seien. Und das werde nicht glimpflich ablaufen, hat Rabbiner Hagenau noch hinzugefügt, denn Simon habe in all den Jahren das Geld für die guten Zwecke in die eigene Tasche gesammelt und jetzt auch noch angefangen, bei seinen ehemaligen Landsleuten, marokkanischen Arabern, zu betrügen. In den Hinterzimmern ihrer Geschäfte betätigt er sich als Wunderheiler, läßt sich die Wunder natürlich im voraus bezahlen, und dann verschwindet er auf Nimmerwiedersehen. Die Araber aus Marokko vertrauen ihm, weil er wie ein Rabbiner aussieht und weil er aus Marrakesch stammt, schließlich würde ein Marrakschi doch einen anderen Marrakschi nicht bei der europäischen Polizei anzeigen.

Wir rasten über die Autobahn, und Rabbiner Hagenau machte einen sehr nervösen Eindruck. Er fuhr wie ein Wahnsinniger, hupte, überholte, wechselte ständig von einer Spur auf die andere und drängte die Autos, die vor uns fuhren, zur Seite, während er dauernd auf mich einredete, ich solle jetzt bloß die Nerven behalten, denn darauf käme es in dieser Situation vor allem an, ein kühler Kopf sei das allerwichtigste, der Plan für die Rückentführung der Kinder sei perfekt ausgetüftelt, alle Verbindungsmänner stünden auf ihren Posten und erwarteten nur noch die vereinbarten Zeichen – alles, aber auch alles hinge nun nur noch von mir ab, ich müsse mich sozusagen in eine Art James Bond verwandeln, nur für einen Tag, wenn mir das möglich sei.

In Wahrheit war ich ganz ruhig, viel ruhiger jedenfalls, als Rabbiner Hagenau sich das vorstellte, ich war schließlich meiner Sache vollkommen sicher. Sicher, daß ich im Recht war, sicher, daß meine Kinder bald wieder bei mir wären, und sicher, daß nun ein anderes Leben, eines ohne Illusionen beginnen würde, denn ich hatte ja noch viel zu lange an eine glückliche Wendung und eine Aussöhnung geglaubt.

Am Anfang, als ich Simon kennenlernte, war ich ihm dankbar, daß er mich aus meiner Einsamkeit erlöste, diese Dankbarkeit hat noch lange angehalten und fast zu einer Unterwerfung geführt. So bin ich gegen meinen Willen Mitwisserin seines zwielichtigen Lebens und damit auch so etwas wie seine Komplizin geworden. Weil er spürte, daß ich dieses Leben ablehnte, hat er sich schließlich ganz von mir abgewendet, die Kinder fallengelassen und sich tiefer und tiefer in seine Betrügereien und Phantasien verstrickt, bis dann der Tag der Rache für ihn kam, weil ich nicht seine Komplizin sein wollte und über seine Wahnvorstellungen gelacht hatte.

Um zehn vor vier sind wir am Flugplatz in Entzheim angekommen, Rabbiner Hagenau schleuste mich durch die Menschenmenge zu dem entsprechenden Schalter und trichterte mir noch ein, daß mich am Flughafen in London ein Chassid aus Stamford Hill abholen und an den richtigen Ort bringen werde, während Simon vom dortigen Rabbiner weggelockt und festgehalten würde, unter irgendeinem Vorwand, einer vorgetäuschten Wichtigtuerei, der Simon nicht widerstehen würde.

Ich war noch nie mit dem Flugzeug gereist, die einzige große Reise, die ich je gemacht habe, war die Überfahrt mit dem Schiff von Oran. Später hat es keine Reisen mehr gegeben, nur die Umzüge von einer Stadt in die andere, Simons Wahnvorstellungen hinterher, mit einem geborgten Kleinlaster, in dem ein paar Koffer, ein paar Möbel, die heiligen Bücher und jedesmal ein Kind mehr verstaut waren, und sonst nur die Reisen mit dem Zug zu meiner Schwester an den Rand von Paris.

Ich habe mich vielleicht unbeholfen angestellt, als ich das Flugzeug betrat, im Gegensatz zu der Gruppe junger Mädchen, die neben mir ihre Plätze einnahmen und denen alles gewohnt schien; sie nahmen sich gleich stapelweise Zeitungen von dem kleinen Tisch am Eingang, und wie mir schien, belächelten sie mich. Das Flugzeug war nicht viel größer als ein Bus, wir waren die einzigen Passagiere. Ich nahm mein kleines Gebetbuch aus der vorbereiteten Tasche und suchte mir das Reisegebet heraus, das zwischen den Segenssprüchen für die verschiedensten Anlässe steht. «Möge es Dir wohlgefällig sein, Ewiger, unser Gott und Gott unserer Väter, uns in Frieden zu geleiten und in Frieden reisen zu lassen und uns lebend in Frieden und Freude an das Ziel unserer Reise kommen und in Frieden wieder nach Hause zurückkehren zu lassen. Bewahre uns vor Unglükken und Unfällen und errette uns, wenn wir in die Hände von Wegelagerern und Feinden fallen. Laß uns Gnade und Erbarmen finden in Deinen Augen und erhöre unser Gebet. Gelobt seist Du, Ewiger, unser Gott, der Du unsere Gebete erhörst.»

Das Flugzeug schaukelte nach allen Seiten, manchmal schien es abzusacken, und die Mädchen kreischten, während ich betete. Dann balancierte die Stewardeß durch den Gang und servierte ein Abendessen, ich bekam ein mehrfach eingewickeltes und eingeschweißtes, das Rabbiner Hagenau offensichtlich extra für mich bestellt hatte, sein Zertifikat mit Stempel und Unterschrift war gleich mehrmals und unübersehbar quer über das Paket geklebt.

Langsam beruhigte sich das Geschaukel und Gefalle, und als ich aus dem Fenster sah, war das Land unter uns ganz flach; Belgien, sagte die Stewardeß. Und dann sah ich das Meer und die Küste Englands, tatsächlich wie auf der Karte vom Wetterbericht. Eben hatte ich noch in meiner Wohnung auf der Leiter gestanden und mich mit dem Stück Wand über der Gardinenleiste abgemüht, das so schwer zu streichen ist, und im Fernsehen war wie jeden Tag um

diese Zeit «Einer für alle» gelaufen, und jetzt, nachdem gerade mal eine Stunde vergangen war, saß ich
im Flugzeug und flog nur so über Europa hinweg.
Wie unter Zwang mußte ich aber dauernd an die an-
gefangene Renovierung denken, was nun mit den
Eimern und Pinseln, der Leiter und dem ganzen
Dreck passieren und ob vielleicht Raffael, wenn er
seine Mutter aus dem Krankenhaus geholt hatte, den
Rest der Renovierung fertigbringen und die Sachen
in den Keller räumen würde. Ich konnte an nichts
anderes denken.

Der Flugplatz von London muß auf einer Insel liegen, rechts und links von der Landebahn sah ich nur
Wasser, aber ich sagte mir, daß Wasser weniger gefährlich ist als Berge und daß sich jetzt nicht noch ein
Flugzeugunglück ereignen würde, denn meine
Sammlung von Unglücken ist schließlich schon voll
genug, es kann keinen Grund geben, noch dazuzu-
tun. Wir sind glücklich gelandet, mußten die Treppe
hinunter und quer über den Flugplatz zu einem großen neuen Gebäude laufen, dann immer weiter über
Gänge und Rolltreppen, und zu beiden Seiten immer Werbekästen und Plakate und sonst Aufschrif-
ten in einer mir vollkommen unbekannten Sprache,
in Englisch. Nicht nur daß ich nicht verstehen
konnte, was da geschrieben stand, alles sah auch anders aus, Farben und Schriftzüge hatten eine andere
Gestalt und jede Einzelheit sonst, die Türen und
Türklinken, Fenster und Lichtschalter, die Dinge,
die man sonst gar nicht bemerkt. Mir wurde ziemlich bange, und meine so feste Gewißheit kam schon

ins Wanken; eigentlich ist sie fast ganz in sich zusammengebrochen unter diesen fremden Eindrücken, an dem noch nie betretenen Ort, an dem es keine gewohnte Ansicht und keinen gewohnten Laut gab und nicht einmal einen gewohnten Geruch. Doch in der Ankunftshalle stand tatsächlich ein Chassid mit einem Schild in der Hand, auf dem ganz groß SOHARA stand, und bei seinem Anblick beruhigte ich mich wieder. Das Schild wäre gar nicht nötig gewesen, denn so viele Chassidim standen dort nicht, und obwohl ich in meinem Leben noch nie einen Chassid getroffen hatte, lief ich ihm entgegen wie einem nahen Verwandten, und auch er kam mir schon entgegen; wir schüttelten uns natürlich nicht die Hände.

Von da an überstürzte sich alles, ich lief, ich rannte, ich fuhr neben meinem Chassid und wußte gar nicht mehr, ob ich nun verzagt oder gewiß war. Gleich nachdem er sich vorgestellt hatte – my name is Mordechai –, fingen wir an zu laufen. Wir liefen Treppen hinunter, Treppen hinauf, überquerten ein paar Straßen, hetzten in eine Tiefgarage, rannten zwischen den Autos herum, wenn ich dachte, wir seien nun endlich beim richtigen Wagen angelangt, mußten wir wieder in eine andere Richtung weiterlaufen, bis wir ihn dann endlich doch erreichten. Mordechai, der Chassid fuhr einen Volvo, wie die meisten Juden in England, vielleicht eine späte Ehrung für Raoul Wallenberg und den schwedischen König, der ihn gesandt hatte. Von dieser Geschichte hat mir Frau Kahn erzählt, sie hatten in ihrem

«Cercle Wladimir Rabi» einmal einen Gedenkabend für Wallenberg veranstaltet. Im Auto fing der Chassid dann an, englisch auf mich einzureden, und als ich sagte: «no, no English», fragte er, «Jiddisch?» Wo sollte ich denn gerade Jiddisch gelernt haben. Ich fragte zurück: «Arabisch?» Und er antwortete bloß: «chas weschalom», Gott behüte, auf hebräisch.

Es war das erste Mal in meinem Leben, daß ich einen Juden traf, mit dem ich keine gemeinsame Sprache hatte, es blieb uns, um uns irgendwie zu verständigen, nur das Hebräische, von dem ich doch wenigstens Wörter und Wendungen aus den Gebeten, Segenssprüchen und der Haggada kenne, schließlich hatte ich ja die Wochenabschnitte der Tora jahrelang mit meinem Onkel durchgearbeitet, damals in Oran. Ich sagte: «gam su letowa», auch das wird zum Guten sein, eine Redensart, die fast immer paßt, und der Chassid antwortete: «chasak», bravo.

Wir sind lange durch die Stadt gefahren, bis ich ihn endlich fragte: «aje jeladim», wo sind meine Kinder. Der Chassid zeigte mit der Hand nach vorn, an den Häusern vorbei, und sagte: «makom haba», an jenem Ort, Stamford Hill, dann sah ich auch schon bald immer mehr und schließlich überhaupt nur noch schwarz angezogene Männer mit Schläfenlocken, manchmal diskret hinter die Ohren geklemmt, und Frauen mit Perücken und einem Haufen Kindern, die in mehrsitzigen Kinderwagen saßen oder daran hingen oder darum herum liefen. Dann hielt der Chassid vor einem Haus und gab mir zu verstehen, daß er jetzt Mincha beten, aber in einigen Minuten wieder zurück sein werde. Zuvor legte er mir noch eine Kassette mit chassidischen Liedern ein, da klang es «Moschiach, Moschiach», aber ich wollte lieber von meinen Kindern hören statt vom Moschiach und drückte auf PAUSE. Dann kam der Chassid auch schon wieder aus dem Haus gelaufen, offenbar hatte er eine wichtige Mitteilung erhalten. Wir rasten mit dem Auto los und hielten nur ein paar Ecken weiter vor einem Haus, das genauso aussah wie alle anderen. Dort schob er mich aus dem Auto und sagte: «lech!», und um noch deutlicher zu sein: «lech lecha!», wie nämlich Gott zu Abraham sagte: «Geh in das Land...», es ist ja gleich der zweite oder dritte Wochenabschnitt. Als ich draußen war, rief er hinterher: «kachta jeladim», nimm die Kinder! Vor der Haustür stand eine Frau mit Perücke, die mich hineinwinkte, dann zog und zerrte sie mich, ohne ein Wort zu sagen, die Treppe hinauf, oben stieß sie eine Tür auf, und hinter dieser Tür saßen meine Kinder, eines neben dem anderen, wie im Wartezimmer von Dr. Schwab, jedes mit einem Beutel von Marks and Spencer auf dem Schoß. Wir schrien alle gleichzeitig auf und wollten uns in die Arme fallen und heulten, aber die fremde Frau mit Perücke schubste uns alle zusammen aus dem Zimmer, die Treppe wieder hinunter, aus dem Haus hinaus durch den Garten, der Chassid hatte schon die vier Autotüren geöffnet, rief: «jeziat England!», wir drängten uns ins Auto, die Frau drückte die Türen von außen zu und winkte, während der Chassid schon startete, und wir rasten los, als ob uns tatsächlich Pharao mit seinem Heer verfolgte. Ich saß neben dem Chassid, vorne, hinten stapelten sich die Kinder, und ich mußte mich verdrehen, um ihre Hände zu halten und sie zu streicheln, der kleine Jonathan hing an meinem Hals, daß ich fast erstickte, und Ruth hing an Jonathan, und alle redeten und schrien durcheinander und holten gleichzeitig noch die Süßigkeiten aus den Marks and Spencer-Beuteln, und ich konnte natürlich überhaupt nichts verstehen von dem, was sie sagten. Im Rückfenster hinter ihnen sah ich, wie sich die Stadt weiter und weiter entfernte, und dachte, der Chassid hat recht, das ist unser Auszug aus Ägypten, auch wenn der Sinai noch weit und noch die ganze Wüste zu durchqueren ist. Der Chassid ließ seine Kassette wieder laufen, und jedesmal, wenn es «Moschiach» tönte, sang er ganz laut mit, immer lauter, bis wir am Flugplatz ankamen. Da holte ich das Bündel Flugkarten aus der Tasche, zog die Kinder hinter mir her in einer Schlange zum Schalter von Air France, und dort verabschiedeten wir uns dann von Mordechai, dem Chassid, der uns mit einer Lawine von Segenssprüchen entließ, daß Gott uns gnädig und gütig sein und für uns sorgen möge, für unser Auskommen, unsere Gesundheit, ein Leben in Frieden und Tröstung, für uns und unsere ganze Familie, doch bevor er noch bei «ganz Israel» angekommen war, mußten wir ihn stehenlassen, um unser Flugzeug nicht zu verpassen.

Im Flugzeug wußten wir nicht, wie wir uns setzen sollten, um möglichst nah beieinander zu bleiben, später nahm ich Ruth und Jonathan auf den Schoß,

Michael und Daniel saßen neben uns, Zippora und
Elischewa spielten die Abgebrühten und setzten sich
hinter uns, nachdem sie mir schon zugeflüstert hatten, daß sie es wirklich satt hätten, das Mutter-Spie-
len, und Flugzeug seien sie nun auch genug geflo-
gen.

Als wir in Straßburg ankamen, um 22 Uhr 30,
stand Rabbiner Hagenau wieder am Flughafen, um
uns abzuholen. Je mehr wir uns der Stadt und unserem Haus näherten, desto schweigsamer wurden
meine Kinder, und als wir unser Haus und dann unsere Wohnung betraten, verstummten sie schließlich ganz. Im Salon erwartete uns eine kleine Versammlung, meine Schwester und Elias, Frau Kahn
und ihr Sohn Raffael. Meine Schwester und Elias
hatten sogar ein kaltes Buffet vorbereitet, es ist ja
schließlich ihre Spezialität. Aber dann standen wir
ganz steif herum, wie Unbekannte untereinander,
die sich nichts zu sagen wissen und verlegen sind;
der kleine Jonathan hat zu weinen angefangen, und
Ruth hat ihn noch nicht einmal dafür angezischt.
Das ging solange, bis endlich der Hund unter dem
Tisch hervorkam, nachdem er begriffen hatte, wer
da zur Tür hereingekommen war, nicht etwa neue
Gäste, vor denen man sich noch tiefer unter dem
Tisch verstecken mußte, sondern seine alten
Freunde aus den Sommerferien. Er sprang voller
Freude an den Kindern hoch, und da schienen sie aus
ihrer Starre erlöst zu sein, sie riefen Billy, ach Billy,
unser Billy, und zogen mit ihm in ihr Zimmer hin-
über und tobten über die Betten.

Es war schon immer etwas Merkwürdiges mit dem Hund gewesen, je mehr ihn die Kinder liebten, desto mehr haßte ihn Simon. Er haßte seinen Anblick, und überhaupt machte ihm jedes Tier angst. Einmal, zu Purim, als die Kinder in Verkleidungen mit Tiermasken erschienen, die sie im Kindergarten und in der Schule gebastelt hatten, da erschrak und erzitterte er so sehr, als ob echte Löwen und wilde Tiere in unsere Wohnung eingedrungen wären, er riß ihnen die Masken herunter und schrie, während wir lachten und riefen, aber das ist doch nur eine Verkleidung, es ist doch Purim!

Dann haben sich im Salon endlich die Gäste dem kalten Buffet zugewendet, Elias hat den Sekt entkorkt «zur Feier des Tages», Rabbiner Hagenau hat den Segensspruch gesagt, und alle haben «le chaim!» gerufen und mit ihren Gläsern angestoßen, während ich im Flur stand, draußen, zwischen den Zimmern, halb habe ich den Kindern zugesehen und halb den Gästen zugehört. Meine Schwester sagte gerade, daß sie und unsere Mutter Simon sowieso nie getraut hätten, er wäre ja viel zu fromm gewesen, um normal zu sein, und Frau Kahn erzählte noch einmal die Geschichte vom «Rabbiner von Singapur», und alle schütteten sich aus vor Lachen.

Aber dann merkten sie wohl, daß mir gar nicht nach Lachen zumute war, ich sagte ihnen, daß ich müde sei und daß mein Rücken schmerze. Rabbiner Hagenau verabschiedete sich als erster und dann Raffael, der schnell die letzten Malerutensilien zusammenraffte, die noch herumstanden. Für meine

Schwester und Elias richtete ich das ehemalige Ehebett in unserem ehemaligen Schlafzimmer her; wir
warfen einfach das Gerümpel vom Bett dahin, wo
noch Platz war.

Ich bin zu den Kindern hinübergegangen, sie waren damit beschäftigt, ihr Zimmer wieder in Besitz
zu nehmen. Daniel und Michael hatten schon alle
ihre Mickymaus- und Asterixhefte wieder hervor-
gekramt und legten sich nun lang auf ihre Betten
und fingen an zu lesen, Zippora und Elischewa hef-
teten die ganze Parade ihrer Lieblingsschauspieler
und -sänger wieder an die Wand; die Renovierung
hatte überhaupt niemand bemerkt, nur Jonathan
und Ruth, die schon ausgezogen waren und in ihrer
argentinischen Unterwäsche unter den Betten her-
umkrochen, hatten das Schiff aus Legosteinen entdeckt und fragten mich, hast du das gebaut, und ich
habe geantwortet, ja, das habe ich gebaut. Zippora
und Elischewa sagten, sie müßten mir noch eine
Menge erzählen, aber nicht jetzt, nicht vor den Kleinen, und ich sagte auch, nein, nicht jetzt, es ist viel
zu spät für heute, fast zwei Uhr nachts, jetzt sollten
wir lieber zu Bett gehen, übermorgen ist ja auch
schon wieder der erste Schultag.

Im Salon hatte Frau Kahn auf mich gewartet, sie
wollte mir helfen, alles aufzuräumen, aber ich habe
ihr erklärt, daß das sehr gut bis morgen warten
kann. Ich war froh, daß es ihr nun wieder besser
ging, sie hatte sogar Lippenstift aufgelegt, das war
ein gutes Zeichen. Nachher standen wir noch ein
paar Minuten draußen am Lift und redeten, genau

wie ein paar Wochen zuvor, über alles, was geschehen war, und Frau Kahn sagte, «Sie müssen sich
jetzt unbedingt ausruhen, Frau Serfaty, und viel Vit-
amin C nehmen.» Dann sagten wir «gute Nacht»
und «bis morgen» und schlossen jede unsere Wohnungstür zu.

Ich habe mich noch für ein paar Minuten in den
Salon gesetzt und endlich auch ein paar der kleinen
Pizzas vom Buffet gegessen und ein Glas Sekt getrunken. Dann habe ich mich auf den Fauteuils aus-
gestreckt, wie sonst am Schabbat, und bin wohl ein-
geschlafen, denn gegen Morgen stand plötzlich der
kleine Jonathan vor mir und sagte, Mama, ins Bett!

Marion Titze

Unbekannter Verlust

122 Seiten. Gebunden

«Dabei war die Zeit nicht nur vergangen, wie Zeit schlechthin vergeht. Sie lag auch nicht hinter uns, wie man es von der Vergangenheit annehmen könnte. Nein, sie lag vor uns, wie ein Gallenstein, der nach der Entfernung mit nach Hause gegeben wird.»

«Unbekannter Verlust», das erzählerische Debüt der Ostberliner Autorin Marion Titze, spielt im Berlin der ersten Jahre nach der Wende und handelt von einer Freundschaft, die den veränderten Verhältnissen nicht standhält.

Starke Bilder, eigenwillige Metaphern und die Verbindung von Melancholie, «Innigkeit» und Unsentimentalität geben dem Text etwas fast Anachronistisches. Unspektakulär und mit großem poetischem Vermögen gelingt es der Autorin, die Stimmung der letzten Jahre in Ostdeutschland auf eine noch nicht dagewesene Weise einzufangen.

«‹Unbekannter Verlust› zählt zu den ganz wenigen geglückten literarischen Bewältigungsversuchen der Wende und einer DDR-Vergangenheit, die sowenig vergehen will wie die andere und unendlich schlimmere deutsche Vergangenheit.» *(Süddeutsche Zeitung)*

Rowohlt · Berlin

Anna Mitgutsch
Abschied von Jerusalem

288 Seiten. Gebunden

Anna Mitgutsch erzählt die Liebesbeziehung zwischen Dvorah, einer österreichischen Jüdin, die zur Zeit der Intifada nach Israel kommt, und dem viel jüngeren Sivan, der sich als Armenier ausgibt und angeblich als Dolmetscher für ein UNO-Filmteam in den besetzten Gebieten arbeitet.

Zugleich ist «Abschied von Jerusalem» ein Porträt dieser zerrissenen, vielstimmigen, geheimnisvollen Stadt. Ihre zugleich anziehende wie gewalttätige Präsenz, aus der sich die Geschichte zwangsläufig wie von selbst zu entwickeln scheint, wird mit Intensität und Farbigkeit beschrieben. Fast scheint es, als sei sie nicht nur Schauplatz, sondern heimliche Protagonistin dieses so brisanten wie bewegenden Buches.

«... eine gewagte Liebesgeschichte, ein subtiler Kommentar zum palästinensisch-israelischen Konflikt und vor allem ein farbenprächtiger Stadtroman.» *(Die Presse)*

Rowohlt · Berlin

Birgit Vanderbeke

Ich will meinen Mord

128 Seiten. Gebunden

Eine Frau reist im Zug von Montpellier nach Metz. In Avignon
steigt ein Mann zu. Viszman. Die Frau kennt ihn nicht. Sie will
ihn auch nicht kennenlernen. Um keinen Preis. «Ein Blick auf
Viszman hat genügt, um zu wissen – er oder ich. Also ich.»

Von Anfang an macht diese Erzählung keinen Hehl daraus,
daß sie «nur» auf dem Papier stattfindet. Vor jedem der short
cuts, die sich im Laufe des Mordvorhabens mit Tempo wie von
selbst erzählen, um schließlich zusammen einen kleinen aus der
Luft gezauberten Kosmos zu ergeben, steht die Warnung: Ach-
tung! Alles erfunden! Während der Zug durch das von Unwetter
überschwemmte Rhônetal rauscht, werden die ausgedachten
Geschichten immer wirklicher. Darin liegt der verrückte Sog
dieser Liebeserklärung an die Fiktion.

«Vanderbekes Verwirrspiel ist ein Kuriositätenkabinett voll
Witz, Charme und stillen Leidenschaften. Dieses schmale Bänd-
chen ist eine wahre Kopfnuß. Wer sie knacken will, sollte eintre-
ten. Aber Vorsicht! Man stößt sich leicht den Schädel.» *(Berliner
Zeitung)*

«Der experimentelle Charakter des Romans tut der Spannung
keinen Abbruch, sondern erzeugt dank der außergewöhnlichen
sprachlichen Virtuosität einen unwiderstehlichen Sog.» *(Szene
Hamburg)*

Rowohlt · Berlin